정답이 아닌
나만의 해답을
찾기로 했다

정답이 아닌
나만의 해답을
찾기로 했다

초판 1쇄 인쇄 2022년 1월 26일
초판 1쇄 발행 2022년 2월 2일
지은이 박찬미

펴낸이 남기성
책임 편집 하진수
디자인 그별

펴낸곳 주식회사 자화상
인쇄,제작 데이타링크
출판사등록 신고번호 제 2016-000312호
주소 서울특별시 마포구 월드컵북로 400 서울산업진흥원 201호
대표전화 (070) 7555-9653
이메일 sung0278@naver.com
ISBN 979-11-91200-49-2 03810

정답이 아닌
나만의 해답을
찾기로 했다

박찬미 지음

자화
상

나다움이 트렌드가 되는 시대,
그래서 취미가 필요합니다

　블로그에 취미를 하면서 얻은 깨달음이나 생각을 꾸준히 전하기 시작한 지 5년 차. 블로그에 남긴 내 기록에 공감한다며 긍정적인 메시지를 받을 때가 있다. 내 글이 누군가의 일상에 변화를 가져다주는 계기가 되었다는 생각에 저절로 미소가 지어진다. 마음 가는 대로 취미를 하다 보니 사람들의 성장을 돕는 1인 기업 '하비라클'의 대표가 되었다.

　하비스트는 '취미를 열심히 하는 사람'이라는 의미의 'hobbyist'와 '수확하다'라는 의미의 'harvest'를 내포하고 있다. 즉 '취미로 삶의 기적을 수확하는 사람'이라는 뜻의 닉네임이다. 내게 취미란 단순히 가볍게 즐기는 활동이 아니라, 내가 나로서 살아갈 수 있도록 중심을 잡아주는 활동이었다.

나는 취미를 통해 학창시절 따돌림으로 낮아진 자존감을 회복했다. 또 취미를 토대로 내가 진짜 원하는 것이 무엇인지 찾았다. 취미로 삶이 바뀌는 기적을 경험했고 과거의 나처럼 '나다움을 잃어버린' 이들에게 도움을 주고 싶은 마음에 펜을 들었다. 부디 취미 하나를 들여 그 시간 속에서 나다움을 찾아가길 바란다.

'나다움'이 무기가 되는 시대다. MBTI가 무엇이냐는 질문이 일상이 되었는데, 이는 자기 자신이 어떤 사람인지 관심이 많다는 게 아닐까. '나'를 알아야 삶의 방향성을 잡을 수 있고, 삶의 방향이 잡혀야 목표를 향해 나아갈 수 있다는 걸 깨달은 사람이 늘어났다는 뜻이다.

그래서 더더욱 취미가 필요하다. 여러 취미에 도전하고 자신에게 맞는 취미가 무엇인지 알아가는 과정에서 몰랐던 나를 마주할 것이다. 한계를 그었던 삶이 아니라 잠재력을 펼치는 삶을 살아가도록, 완벽한 때를 기다리며 주저하기보다는 일단 가볍게 취미를 시작해보자.

사람마다 고유한 빛을 품고 있다. 취미로운 생활과 함께라면 팍팍했던 일상이 조금은 빛나리라 믿는다. 책의 마지막 장이 덮였을 때 조금 더 자기 자신을 아껴주는 행복한 취미주의자가 늘어나기를, 그래서 각자의 길을 서로 응원해주기를 진심으로 바라본다.

마지막으로 예약 판매하면 당장 사겠다며 말씀해주셨던 하비라클 식구분들, 책이 나오기까지 묵묵히 지켜봐 주었던 가족들, 나보다 더 책을 쓴 나를 자랑스러워했던 친구들에게 감사함을 전한다. 그리고 힘들었던 상황에도 취미라는 마음의 해독제를 찾아 열심히 살아온 지난날의 나에게도 고마움을 전한다.

하비스트 소담

박 찬 미

CONTENTS

2장 인생을 어떻게 살아야 할지 몰라 일단 취미 합니다

5장 취미 할 때 나는 꽤 괜찮은 사람입니다

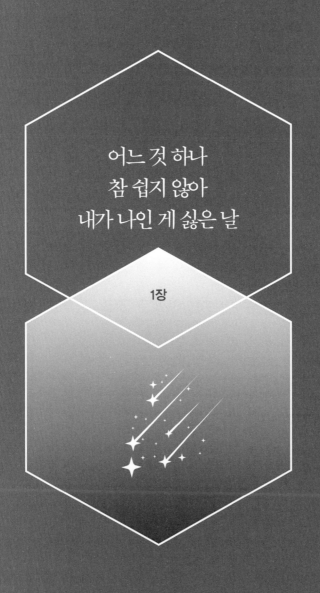

어느 것 하나
참 쉽지 않아
내가 나인 게 싫은 날

1장

참고 버티며 열심히 사는 게 과연 답일까?

아이 눈에 비치는 세상은 신기하고 놀랍다. 아이의 입에서는 "왜?"라는 질문과 "우와!"라는 감탄사가 끊이질 않는다. 매 순간이 처음이기 때문이다. 호기심 넘치던 아이는 끝없이 이어지는 경쟁 속에서 어느덧 보통의 어른이 된다.

쳇바퀴 돌아가듯 일상이 반복되고 일과 사람에 치이느라 꿈은 사치가 된 지 오래다. 그저 하루하루 참고 버틸 뿐 삶의 의미를 찾을 시간이 없다. "왜?"라는 질문도, "우와!"라는 감탄사도 내뱉지 않는다.

언제부터 참고 버티는 게 당연해졌을까?

'나'를 돌아보라고 마음이 신호를 주고, 몸이 경고를 울려도 모르거나 모른 척한다. 때때로 이렇게 살고 싶지 않다는 마음이 들지만, 남들도 다 그렇게 산다며 합리화한다. 오늘도 찡그린 얼굴로 아침을 맞았다. 무표정한 얼굴로 일터로 나간다. 나의 하루가 시작되었지만 '나'는 없다. 생기 없는 일상이 무한 반복될 뿐이다.

문득 '나는 하고 싶은 게 참 많았는데 어쩌다 하고 싶지 않은 일을 열심히 하는 사람이 됐을까?'라는 생각이 들었다. 언젠가부터 나를 보기보다 주위를 둘러보는 게 익숙해졌다. 주위 사람들이 입 모아 말하는 '그럴듯한 어른'이 되기 위해 애썼다. 일말의 의심도 없이 사회의 기준에 부합하는 사람이 되기 위해, 세상의 속도에 맞추기 위해 부단히 노력했다. 그 과정에서 모든 것을 궁금해하고 소소한 깨달음에도 즐거워하던 나는 조금씩 희미해져갔다.

대학을 가면 자유롭게 내 마음 가는 대로 살 수 있을 것이라는 기대는 보기 좋게 무너졌다. '대학 입학'이라는 결승점에 도착하자마자 '취업 준비'라는 새로운 레이스가 주어졌다. 이제 막 달리기를 끝냈는데, 숨 돌릴 새도 없이 다시 달릴 준비를 해야 했다. 또 공부해야 한다는 사실보다 더 힘든 것은 내 마음 가는 대로 할 수 없다는 것이었다.

대학을 졸업하고 내가 원하는 공부를 하고 싶었지만, 취직이 먼저라는 부모님의 말씀에 학원 강사가 됐다. 내 적성이나 가치관에 조금도 부합하지 않는 직장생활은 힘에 부쳤고, 이대로는 죽을 것 같아 도망치듯 퇴사했다. 뒤처지고 있다는 불안감과 뭐라도 해야겠다는 절박함으로 들어간 다음 회사는 참고 버틸 기회마저 주지 않았다. 두 번째 회사에서 부당하게 해고되고 돌아오는 길, 어느 것 하나 참 쉽지 않아 스스로가 미치도록 싫었다.

하나를 잃으면 하나를 얻게 되는 것이 세상의 이치인 걸까. 참고 버티며 살던 내 마음에 점차 파동이 일었다. 언제부터 나는 참고 버티는 게 당연해졌을까?

취미가 가져오는 작은 기적, '하비라클'

모든 시련은 내가 주체가 아니었기에 일어날 수밖에 없었던 일이었다. 내면의 목소리에 귀를 기울이는 것이 아니라, 다른 사람의 말만 듣고 주변을 의식했기에 받아 마땅한 결과였다.

많이 돌아오긴 했지만 나는 나를 찾아야 했다. 앞으로 살아갈 세상의 주인은 그 누구도 아닌 내가 되어야 하니까. 현실도 중요하지만 그 현실을 헤쳐나갈 나도 중요했기에 그저 마음이 원하는 일을 하기로 했다. 하고 싶지 않은 일을 하며 힘겹게 버티는 나를 위로해주었던 일, 몸과 마음이 모두 지쳐버린 나를 다시 일으켜 세워준 일, 내가 온전히 나다울 수 있었던 일…. 놀랍게도 지금껏 나는 그 일을 해오고 있었다. 그 일은 조용히 내 곁에 함께하고 있었다. 바로 '취미'다.

회사원일 때 내 유일한 탈출구였던 캘리그라피, 좌절과 불안의 긴 터널을 지나는 데 도움을 준 독서와 글쓰기 등 삶의 기로마다 내겐 취미가 있었다. 이 깨달음을 계기로 나는 본격적으로 다양한 취미를 통해 본연의 나를 찾기로 했다. 끊임없이 질문하고 배움을 갈망하고 채우며 도전했다. 그 과정에서 얻은 경험과 지식을 블로그에 꾸준히 기록했다. 이는 내 삶을 확장하는 작은 불씨가 되었다.

나는 취미를 통해 내가 꽤 괜찮은 사람임을 깨달았고, 자기혐오, 열등감, 좌절감에서 서서히 벗어나 자기긍정성을 회복할 수 있었다. 그러자 내 경험을 더 많은 이와 나누고 싶은 마음이 들었다. 취미로 작은 기적을 이뤄갈 수 있도록 돕는 1인 기업 '하비라클Hobbyracle'을 창업했다. 하비라클은 'Hobby(취미)'와 'Miracle(기적)'의 줄임말이다. 자존감이 낮고 어느 것 하나 쉽지 않았던 내가 지금은 온라인모임 콘텐츠를 만들고, 다양한 커리큘럼을 운영하고 있으며, 책을 쓰고, 강연을 하고 있다.

'취업하면 원하는 삶을 살 수 있겠지?'
'30대가 되면 상황이 나아질 거야.'
'결혼하면 그래도 안정되지 않을까?'
'애들 다 크면 그때 내 삶을 살아야지.'
우리는 이러한 바람을 행복의 전제로 세운다. 하지만 머지않아 알게 된다. 모두가 달려가는 그 목적을 달성해도 그 행복감은 절대 오래가지 않는다는 걸. 도착하는 순간 또 다른 목표가 세워지고 그다음 단계가 기다리고 있다. 항상 나보다 앞선 누군가가 있고, 그 비교의 잣대는 계속된다. 속도를 좁히려 애쓸수록 더 불안하고 초조해진다. 아무것도 하지 않으면 기다리는 '그날'은 오지 않는다.

모두가 똑같은 길을 가야 했던 세상은 이제 조금씩 균열이 생기고 있다. 그저 열심히 사는 것이 표본으로 여겨졌던 시대는 지났다. 이제 다수에게 선택되고 적용되던 법칙이 통하지 않는다. 나이와 세대에 따라 주어진 과업도 필수가 아닌 선택이 된 세상이다. '모두의 기준'을 따르는 사람보다 '나만의 원칙'을 만들어가는 사람이 되어야 하지 않을까. 나는 세상 유일한 존재이며 인생은 한 번뿐이니 말이다.

두근두근
하바라클

현재의 삶에 '나'는 존재하는지 의문을 던져보자. 이 작은 질문과 답에서부터 변화는 시작될 테니까.

세상은 넓은데
내가 할 수 있는
일이 없다

상황이 내 뜻대로 풀리지 않을 때 자기 자신을 탓하는 사람이 많다. 누구나 더 나은 내가 되고 싶어 하기 때문이다. 어제의 나보다 더 잘 살고 싶은 소망이 있기에 좌절도 하는 것이라고 여기면 어떨까? 세상에 못난 사람은 없으니 말이다.

누구나 존재만으로 가치 있고 소중하다. 그러나 이 사실을 잊고 사는 사람이 많다. 어쩌면 우리는 온전한 나를 내보일 수 없다는 이유로 자기검열을 하느라 바빠 오히려 개성을 잃어버리고 있는 게 아닐까?

죽어라 공부해 대학에 와서는 길을 잃다

대학생이 되면 지금보다는 자유로울 것이라는 막연한 기대로 죽어라 공부했다. 가고 싶은 학과를 정해야 했던 날, 어떤 과를 써야 할지 몰라 선생님의 의견을 따랐다. 명확한 목적 없이 버텨내기만 했던 나는, 정작 중대한 결정을 내려야 할 때 남의 손에 선택을 맡긴 것이다. 그러니 대학 생활이 그리 행복하지 않은 것도 어쩌면 당연하리라.

남들은 토익 공부, 대외활동, 해외여행 등으로 바쁘게 지내는데 나는 학교와 집만 오가는 듯해 문득 조바심이 났다. 일부러 기숙사에 들어가 리더로 활동해보고 동아리 활동도 해보았는데, 애초에 마음이 내켜서 시작한 게 아니라 내내 괴로웠다.

지금 생각해보면 그때의 나는 있는 그대로의 나를 인정하지 못했던 것 같다. 대학생이라면 이러해야 한다며 이상적인 기준에 부합하지 않는 나 자신을 미워했다. 잠시 숨을 고르며 뭐라도 해보려던 나를 응원하며 기다려주었다면, 바보 같다고 자책하지 말고 나를 더 들여다보았다면 내 대학생활은 달라지지 않았을까.

'자기혐오'로 가득했던 과거의 나에게 필요한 것은 '자기긍정감'이었다. 나를 있는 그대로 보듬어줄 수 있는 마음과 어떤 상황에서도 나를 소중히 여기는 태도가 필요했다. 열심히 노력하는 나, 방황하는 나, 부족함이 많은 나도 똑같이 소중한 나였다. 잠시 멈춘 시간도, 조금 느리게 보낸 시간도 성장의 과정이며, 더 멀리 가기 위한 도움닫기가 될 수 있음을 그때의 나는 몰랐다.

할 수 있지만 하고 싶지 않은 일

대학을 졸업하고 취업을 준비할 때까지도 뚜렷한 진로를 정하지 못했다. 막연히 '의미 있는 일을 하고 싶다'라는 마음만 있을 뿐이었다. 그런 나를 주위 사람들은 '돈 벌기 위해 하는 거지, 굳이 큰 의미를 찾을 필요가 있느냐'라며 이해하지 못했다.

결국 취업이 우선이라는 주위 성화에 못 이겨 대형학원 영어 강사 일을 선택했다. 스물다섯의 사회초년생에게 참 버거운 일이었다. 학생이 그만둘까 봐, 고객 불만이 들어올까 봐 매일 전 전긍긍했다. 퇴근하고 나서도 온전히 쉴 수 없었고 불안해하며 눈물을 머금고 잠드는 밤이 계속됐다. 마치 무거운 바위를 산 정상으로 밀어 올리는 형벌에 처해진 시시포스가 된 것만 같았 다. 무엇보다 고통스러운 것은 아이들을 혼내고 잔소리만 하는 선생님이 된 것이었다. 내가 살아남기 위해 내가 가장 싫어하 는 모습이 되어야 하는 현실은 괴롭다 못해 끔찍했다.

아무것도 하기 싫고, 모조리 다 그만두고 싶었다. 어떤 것도 준비하지 못한 채 도망치듯 회사를 그만뒀다. 앞으로 무엇을 할 것인지, 퇴직금으로 얼마나 버틸 수 있을지 등을 생각할 여 유조차 없었다. 그만두지 않으면 나라는 존재가 완전히 사라질 것만 같았다.

하고 싶지만 잘하지 못하는 일

퇴사는 더 큰 벽이 되어 나를 가뒀다. 대책 없이 무작정 그만 두었던 터라 줄어가는 통장 잔액이 나를 압박해왔다. 그나마

할 수 있는 영어로 결정한 진로였는데 결과가 좋지 않아 나 스스로에 실망도 컸다. 아무것도 하지 않고 흘러가는 시간에 더욱 불안해졌다. 하지만 다시 학원가로 돌아가기는 싫었다.

취미로 시작한 디지털 드로잉으로 인물화 그리기에 제법 자신이 생긴 참이었는데, 문득 '이것으로 뭐라도 할 수 있지 않을까?'라는 생각이 들었다. 평소 수공예 작가의 작품을 살 수 있는 '아이디어스'를 자주 이용했는데, 그곳에 작가 신청을 해보기로 했다. 수수료가 적고 그림 파일을 판매할 수도 있으니 좋을 것 같았다.

마침 '아이디어스'에서 작가로 활동하는 지인이 있어서 기존 작가 추천 제도로 작가 등록을 할 수 있었다. 작업해놓은 그림 파일을 올려놓고 드디어 판매를 시작했다. 점점 입소문이 나면 주문이 늘어날 거라며 기대에 부풀었다. 모든 게 순조로웠다.

하지만 세상이 어디 그리 만만한가. 나는 단 하나의 작품도 의뢰받지 못했다. 그동안 들인 노력과 시간이 헛된 일이 되었다. 알고 보니 독한 마음으로 뛰어들어도 자리 잡기 힘든 게 프리랜서 세계였다. 겉으로 보기에는 출퇴근하는 직장인보다 여유 있고 자유로워 보이는데, 이면에는 감수해야 할 것이 많았다. 오히려 목표하는 수익에 도달하기까지 생활의 불안정함을 버텨야 했다. 이를 버텨낼 각오가 없다면 차라리 매달 정해진 날짜에 급여가 들어오는 직장인 생활이 나을 수 있다.

또 한 번 좌절했지만, 나를 잘 알지 못한 채로 그저 결과만을 향한 선택은 결국 탈이 난다는 깨달음을 얻었다. 무엇이 중요한지 알게 되었으니 고민하며 보낸 대학생활도, 도망치듯 나온 첫 직장생활도, 실패로 끝난 프리랜서 도전도 더 큰 도약을 위한 발판으로 여겨졌다.

두근두근 하비라클

세상은 넓은데 내가 할 수 있는 일은 없다며 낙담한 적이 많다. 하지만 지금의 시련을 자양분 삼아 더 단단해지자며 바꿔 생각했다. 오늘보다 나을 내일의 나를 기대하며 하루하루를 충실히 채워나가고 있다.

남과 똑같이
살긴 싫고,
뒤처지긴 더 싫고

인공지능^{AI}은 더욱 빠르게 우리 생활 전반에 스며들고 있다. 4차 산업혁명으로 시대가 복잡해지고 흐름이 빨라지면서 과거에 흥하던 직업군이 사라지기도 했다. 탄탄한 직장이 평탄한 삶을 보장해준다는 말은 신빙성을 잃었으며, 전문직의 밥벌이 또한 예전 같지 않다.

대학교 졸업을 앞두고 '우리 과는 미래가 없다'라며 공무원을 준비하는 동기가 많았다. 평생 자영업을 하며 불안정한 생활을 해온 부모님도 월급이 꼬박꼬박 나오고 업무 시간이 고정

된 공무원을 최고로 여겼다. 하지만 연금이 나오고 안정적이라는 이유만으로 공무원이라는 직업을 선택하기는 싫었다.

마음의 소리에 귀를 기울이면

안정적인 생활 이상으로 자아실현이나 내적성장 같은 가치를 추구하고 싶었다. 그런데 너도나도 공무원을 준비하니, 일을 통해 성장하고 싶다는 신념이 흔들렸다. 남들처럼 공무원을 준비하지 않으면 꼭 뒤처지는 것만 같았다. 남과 똑같이 살기도 싫지만, 뒤처지는 것도 싫었던 나는 깊은 고민에 빠졌다.

그런 내게 친구는 꼭 공무원이 아니라도 유용하게 쓰일 일이 있을 거라며 일단 한국사 자격증이라도 따놓으라고 했다. 자격증이라도 따놓아야 덜 불안할 것 같아 친구의 말을 듣기로 했다. 막판 벼락치기로 다행히 2급을 받을 수 있었지만, 나는 조금도 행복하지 않았다. 불안하지 않기 위해 했던 공부는 딱 그만큼의 안도감만을 주었다.

공무원 준비가 한국사 자격증 시험을 치르는 것과 별반 다를

게 없다는 생각이 들었다. 마음이 가지 않는 일에 노력과 시간을 쏟을 순 없었다. 선생님 의견에 따라 대학과 과를 결정했던 그때처럼 내 마음의 소리에 귀 기울이지 않고 다른 사람의 말에 집중했다가는 또 후회할 것이 분명했다.

느려도 내가 원하는 일을 하며 나답게 살고 싶다는 생각만큼은 확고했다. 뭐라도 해야겠다는 불안감에, 남에게 뒤처지기 싫다는 초조함에 내가 존재하지 않는 선택을 할 순 없었다. 나는 공무원 준비를 하라고 권하는 주변 사람들에게 그렇게 하지 않을 거라고 단호히 말했다. 구체적인 대안이 있었던 것은 아니었지만, 하지 않겠다고 선언하는 것 또한 나름의 발전이었다.

나만의 최선이 없다고 다수를 선택하는 게 답일까?

바늘구멍 같은 직업군에 많은 학생이 몰린다. 법조계, 의료계 전문직, 비교적 안정적인 공무원, 신의 직장 공기업, 누가 들어도 아는 대기업이 당연히 정답이라 여긴다. 서울대, 연세대, 고려대를 향한 질주는 시대가 달라지고 세상이 바뀌어도 여전하다.

좋은 학벌에 안정적인 직업, 유명하고 탄탄한 직장만이 성공의 법칙일까? 아니다. 사회에 첫발을 내딛는 시작이 다소 빠르고 유리할 수는 있겠지만, 이 법칙은 서서히 흔들리고 있다. 아무리 좋은 대학을 우수한 성적으로 졸업해도 지속되는 저성장 시대로 인해 양질의 일자리를 구하기는 하늘의 별 따기다. 어렵게 직장에 들어간들 아직도 만연한 수직 문화와 사람 간 소통이 어려워 적응하고 버티기도 쉽지 않다.

나만의 최선이 없다고 해서 다수가 원하는 차선을 선택하고 싶지는 않았다. 각자가 다르기에 세상은 다채롭고 재미있다. 인생의 답은 절대 한 가지로 귀결될 수 없고, 누군가의 정답은 누군가의 오답일 수 있다.

다른 사람에게서 꼭 답을 구할 필요도 없다. 아무리 성공한 사람이라고 해도 그 사람의 발자취가 내게 딱 맞는 이정표가 될 수는 없다. 나보다 나이가 많거나 어떤 면이든 앞서는 부분이 있는 사람의 조언이라도, 나에 대한 성찰이나 고민 없이 무작정 적용한다면 도움이 되지 않을 것이다.

많은 것을 잃지 않기 위해, 현 상태를 유지하기 위해 나 아닌 타인의 매뉴얼을 답습한다면, 알맹이 없이 그럴듯한 껍데기만 둘러쓸 뿐이다. 다른 사람의 속도가 신경 쓰여 따라가다가는 어느 순간 자신이 얼마나 빠르게 달리는지도 모르는 채 도통 멈출 수 없게 된다. 남보다 빠르다고 해서 항상 성공하는 것도 아니고, 남보다 느리다고 해서 영원히 뒤처지는 것도 아닌데 말이다. 사람들은 자신이 아닌 다른 사람의 일에 크게 관심이 없다.

다른 사람 말에 너무 신경 쓰는 건 아닐까. 정작 그 사람은 불과 몇 분 전에 자신이 무슨 말을 했는지도 기억 못 하는데 말이다. 남의 시선에 갇혀 자신을 잃는다면 그것은 좋은 선택일 수 없다. 좋은 학벌, 좋은 직업, 좋은 직장이라는 조건이 모두 행복과 귀결되는 것은 아니다. 나의 행복 지수는 좋은 조건에 달려 있는 것이 아니라 자유로운 나의 선택에 근거한 경험과 성장에 뿌리를 둔다.

두근두근 하비라클

다행히 나는 지금 나의 일을 온전히 하고 있다. 나보다 연륜 있는 사람들이 나를 인정해주고, 내 조언을 얻기 위해 나를 찾는다. 나는 누군가로 대체될 수 없는 고유한 존재다. 이렇게 확고한 '나'를 찾을 수 있었던 것은. 누가 나를 대단하게 봐주어서가 아니라, 나 스스로 내 인생을 의미 있다고 여기기 때문에 가능했다.

나를 가장
괴롭히던 사람은
바로 나였다

'잘하지 못하는데 어떻게 시작하나'라는 마음과 '잘하지 못해도 일단 해보자'라는 마음이 충돌했다. 어떤 날에는 한없이 용기가 나다가도 어떤 날에는 불안한 내면아이가 불쑥 나타났다. 어제와 똑같은 선택을 할 것이냐, 어제와 다른 선택을 할 것이냐의 갈림길에 섰다. 똑같이 반복되는 일상을 살면 지금 당장은 편하겠지만, 먼 훗날 후회할 것이 분명했다. 그러나 어제와 다른 선택을 한다는 것은 정말 무섭고 불안한 일이었다.

도통 잘하는 게 없는데 어떻게 시작하죠?

존 에이커프의 《피니시》를 읽고서야 내가 잘못된 완벽주의에 시달리고 있음을 알았다. 완벽하게 해내야 한다는 강박감 때문에 그것이 무엇이든 능숙해야만 시작할 자격이 있다는 어긋난 믿음이 무의식 속에 깊게 자리 잡고 있었다. 시작이 반이고, 그 과정에서 충분히 나아지고 완성될 수 있는데도, 나는 완벽한 준비와 능숙한 시작만을 원했다. 뜻한 대로 잘되지 않으면 어느 순간 포기해버린 나는 그야말로 '만성 시작 환자'였다.

도전의 결과가 꼭 성공이 아닐지라도, 한 번쯤은 끝까지 해보는 내가 되고 싶었다. 완벽하지 않아도 괜찮다는 말을 나에게 해주고 싶었다. 높은 벽인 '성공'보다 나의 울타리를 키워나갈 수 있는 '성장'이 절실함을 느꼈다. '완벽'하게 잘하려고 애쓰다가 중도 포기하는 것보다, 다소 느리고 불완전하더라도 끝까지 한번 '완주'하는 경험이 필요했다.

시작은 누구에게나 어렵고 무섭다. 내가 한 도전이 성과로 이어지지 않을 때면 '고작 이러려고 이걸 했나'라며 자책하거나 '역시 나는 어쩔 수 없구나'라며 낙담했다. 하지만 언제까지나 겁내고 피할 수만은 없었다. 나는 조금씩 실패를 딛고 일어서는 법을 연습했다.

어떤 일에 임할 때마다 결과가 나쁘든 좋든, 스스로를 비난하는 것이 아니라 작게라도 칭찬을 해주었다. '무서워도 시도해줘서 고마워', '어려운데, 시작한 게 어디야'라고 거울 속의 내게 말해주었다. 해내지 못한 것에만 신경 쓰기보다 조금이라도 해낸 것에 집중했다. 작은 성장이 거듭되자 자연스럽게 그다음으로 갈 수 있는 추진력이 생겼다.

모터 달린 자동차가 전력 질주를 하듯, 추진력을 기반으로 그동안 미뤄뒀던 도전을 하나둘씩 해나갈 수 있었다. 완벽하지 않더라도 하나하나 완주해나가며 성취의 경험을 쌓아나갔다. 성취감을 느끼는 빈도가 늘어나다 보니 자연스레 더는 완벽한 시작을 좇지 않게 되었다.

또한 단계를 밟아나가는 과정에서 어려움을 느끼더라도 쉽사리 중도 포기하지 않게 되었다. 오히려 난관에 부딪힐 때마다 해결 방법을 찾아내고 실행했다. 그 과정에서 레벨업을 하는 경지에까지 이르렀다.

잘하는 게 없어서 시작할 수 없다고 생각했던 나는 사라지고, 어느새 경험 많은 실행력 부자가 되었다. 덩달아 할 줄 아는 게 많은 다재다능한 사람으로 변모할 수 있었다.

내가 가장 동경한 사람, 나를 가장 미워한 사람

나는 늘 자존감이 높은 사람들이 부러웠다. 그들은 언제 어디서나 밝고 당당했으며 스스로를 자랑스러워하고 사랑하는 것처럼 보였다. 매사에 자신이 없고 타인의 시선을 신경 쓰기 바빴던 나에게 그들은 늘 선망의 대상이었다.

얼굴도 예쁘고, 자신감이 넘치며, 많은 이에게 주목받고 사랑받는 사람이 부러웠다. 질투가 났다. 그들처럼 되고 싶었고, 다른 사람에게 인정받고 사랑받고 싶어서 많은 날을 애써왔다. 동경하는 대상의 방식을 그대로 따르다 보면 나 또한 그렇게 될 것이라 믿었다. 지금보다 조금이라도 더 행복해질 수 있을 것이라 기대했다. 하지만 타인의 모습을 그대로 답습한다고 해서 더 나은 내가 되는 것은 아니었다. 자존감은 남과의 비교로 좌지우지되는 것이 아님을 그때의 나는 몰랐다.

어쩌면 나를 가장 괴롭혀왔던 사람은 '나'이지 않을까? 외모가 못생겼다고 수없이 속으로 되뇌던 사람도 나였고, 다른 이를 질투하고 원망하느라 나의 소중한 에너지와 감정을 소모한 것도 나였다. 다른 사람의 관심이나 인정만을 바랄 게 아니라 나 자신을 인정하고 사랑하기 위한 노력이 선행되어야 했다.

'피해자 코스프레'는 이쯤에서 그만두기로 했다. 누군가가 내 자존감을 깎아내리는 말과 행동을 한들 거기서 비롯되는 내 감정은 오롯이 나의 몫이어야 했다. 누군가를 미워하는 대신 내 마음을 조금 더 다독일 수 있었다면, 아마도 많은 것이 달라졌을 것이다.

상처받은 내면아이에게 더 많은 관심을 주었다. 억지로 자존감을 높이려 애쓰기보다 오롯이 내 마음을 알기 위해 애썼다. 왜 그런 감정이 들었는지, 왜 갑자기 그런 기분이 느껴졌는지 찬찬히 나의 내면을 들여다보았다. 잘하는 내 모습만 인정하는 것이 아니라 부족한 내 모습도 인정하기로 했다. 내가 원했던 내 모습이 아니라고 해서 비난하는 대신, 지금 당장 무엇을 할수 있을지를 찾는 연습을 했다. 실수하면 자책하는 대신 실수를 보완하기 위한 계획을 세우고 실수를 반복하지 않는 방법을 고민했다.

나를 있는 그대로 인정하고 사랑하는 것은 생각보다 그리 어렵지 않았다. 타인을 흉내 내려고 애쓰거나, 타인을 탓하고 미워하는 것보다 훨씬 가뿐하고 쉬웠다. 내 외모를 바꿀 순 없지만, 내 표정과 인상은 바꿀 수 있기에 거울을 보며 미소 짓는연습을 했다. 마음이 힘든 날이면 거울 속 나에게 힘이 되는 말을 해주었다. 그렇게 자기혐오만 가득했던 나는 조금씩 있는그대로의 나를 받아들이기 시작했다.

갑자기 모든 것이 드라마틱하게 변했으면 좋겠지만, 현실은드라마가 아니다. 조금씩 나아지기도 했지만, 나는 이따금씩자존감이 바닥을 쳤던 예전의 나로 돌아가기도 했다. 내 감정을 마주하고 책임지는 것보다 다른 사람을 탓하곤 했던 과거의내가 불쑥 나타나기도 했다.

하지만 예전의 나처럼 스스로를 몰아세우거나 보채지 않았다. 조금씩 믿고 기다려주는 나로 변모해갔다. 내가 나의 서포터즈가 되자 내 인생은 한결 유쾌하고 가벼워졌다. 더는 다른 사람의 말에 쉽게 상처받지 않고, '그럴 수도 있지'라며 여유 있게 넘길 수 있게 되었다. 타인의 의견을 존중하되, 나에게 필요한 부분만 선택적으로 받아들일 수 있는 사람이 되었다.

두근두근 하비라클

누구보다 나를 괴롭혔던 나는 이제 누구보다 나를 사랑하는 나로 거듭났다. 내 인생에 '피해자'인 나는 더는 없으며, 앞으로는 '주체자'로서 살아갈 것이다. 누구보다 나를 믿고 지지해주는 서포터즈로, 영원한 내 편으로 함께할 것이다.

어느 날 내 마음이 웅크려 있는 내게 말했다

나는 취미가 주는 힘을 믿는다. 편한 마음으로 임해 즐겁게 몰입하는 힘은 다른 부분에서도 좋은 영향을 미쳤다. 작게라도 시도하면 조금씩 나아졌던 작은 성장의 경험은 내가 머뭇거리던 일을 도전하게 해주었고, 피하고 싶었던 일을 직면하게 해주었다. 큰 무대에 오르기 전 리허설을 잘해내면 자신감이 생겨서 무대도 잘해낼 수 있는 것처럼, 큰 도전의 벽을 넘어야 하는 내게 취미는 할 수 있다는 용기를 주었다.

실패할까 봐, 좌절할까 봐, 또 넘어질까 봐

나는 매사에 소심했다. 남들 눈에 띄지 않기를, 무사히 하루가 지나가기를 바랐다. 조금이라도 힘든 일이 생기면 덜컥 눈물부터 났고 남들은 조금 신경 쓰고 넘어갈 일에도 며칠이고 밤잠을 설쳤다.

특히 발표할 일이라도 있으면 전날부터 떨었다. '혹시 나를 보고 비웃으면 어쩌지', '내 발표를 비난하면 어쩌지'라는 걱정이 들면서 다른 사람 앞에서 내 의견을 전달하는 게 무서웠다. 개인 발표가 있는 날이면 온종일 아무것도 손에 잡히지 않을 만큼 패닉 상태가 되었다.

내용이 기억나지 않을까 봐 보지 않고도 말할 만큼 달달 외웠다. 그런데도 불안감은 커져만 갔다. 준비하면 떨림이 줄어든다는 말은 내게 조금도 통하지 않았다.

특히 발표 영상을 찍어야 했던 때가 가장 끔찍했다. 가뜩이나 외모에 자신이 없는데, 내가 발표하는 모습을 찍고 이를 다른 사람들과 함께 본다니…. 이보다 가혹한 형벌이 어디 있을까. 지금까지 겪었던 어떤 상황보다 고통스러웠다. 도망치고 싶었다. 어깨는 축 내려가고 얼굴은 웃음기 하나 없는 채로 발표를 마쳤다. 이 영상을 다 같이 보던 날, 나는 눈을 감고 귀를 막았다. 사형선고를 받은 죄수와 같은 심정이었다. 카메라에 찍힌 내 모습을 보는 심정은 그야말로 참담했다.

하지만 학년이 올라갈수록 발표는 더욱 많아졌다. 2학년 겨울방학쯤엔 지금까지 어떻게든 버텨왔으니 2년만 더 버티면 된다는 마음이었다. 그런데 그때쯤 우연히 캘리그라피를 시작하면서 이런 내 생각이 바뀌었다.

캘리그라피를 할 때는 긴장할 필요도 없었고, 글씨를 잘 쓰지 못해도 괜찮았다. 다른 사람을 의식할 필요도 없었고, 누가 나에게 뭐라고 할 일도 없었다. 실수하거나 머뭇거려도 내 감정이 다칠 일이 없었다. '아, 캘리그라피를 하는 것처럼 발표에 임하면 되지 않을까?'라는 생각이 들면서 왠지 모를 용기가 났다.

이후 나는 영어회화 모임의 리더를 자처했다. 전혀 모르는 사람들을 만나 소통해야 했던 시간은 힘들었지만 참 고마운 경험이었다. 누군가의 시선을 의식하기만 바빴던 나의 한계를 깰 수 있었고, 사람들 앞에 서서 말할 수 있다는 자신감을 심어주었기 때문이다.

개강하고 학교에 가 조별 과제를 준비해야 했던 날, 발표하겠다고 손을 들었더니 친구들이 놀란 토끼 눈을 하고 나를 쳐다보았다. 발표 불안 증상은 조금씩 사라졌고 어느새 나는 발표를 도맡아 하는 사람, 발표를 잘하는 사람이 되었다.

꼭 해내야 하는 일이 있다면, 캘리그라피를 계기로 발표 불안을 극복할 수 있었던 나처럼 작은 시도를 하며 자신감을 회복해보자. 나쁜 결과나 불안한 미래를 미리 재단하는 대신 몰입할 수 있는 나의 일을 만들어보자. 실패하고, 좌절하고, 또 넘어져도 언제든 돌아갈 수 있는 '취미'라는 안식처가 있다면 우리는 다시금 힘을 낼 수 있다.

용서하는 자가 가장 용기 있는 자

중학교 2학년 때, 외모가 못생겼다는 이유로 친구들에게 따돌림을 당했다. 하루에도 수십 번씩 내가 죽으면 이 고통이 끝나지 않을까 생각했다. 마음을 꽁꽁 닫은 채로 1년을 버텼다. 다행히 중학교 3학년 때 만난 친구 덕분에 마음의 빗장을 조금씩 열 수 있었지만, 내 마음속에 뿌리내린 피해의식은 나를 서서히 잠식해갔다.

스치듯 웃고만 지나가도 내 외모를 보고 웃은 게 아닐까 걱정했고, 주목받는 것이 두려워 나를 꾸미지도 않았으며, 사진에 찍히는 걸 극도로 싫어했다. 어쩔 수 없이 단체 사진이라도 찍혔을 때는 내 얼굴만 도려내고 싶을 정도였다.

움츠러든 나는 관계에도 소극적일 수밖에 없었다. 친구가 카톡에 조금만 늦게 답해도 혹시 내가 뭔가 잘못한 게 있나 초조해했다. 대학생활을 마음껏 즐기는 동기들과 달리 나는 학교와 집만을 겨우 왔다 갔다 했다. 어느새 나는 마음이 잔뜩 웅크려져 있는 상태의 내가 익숙하고 편했다. 무미건조한 일상을 보내는 것이 당연해졌다.

어릴 때의 나는 밝고 활기찬 아이였다. 정글짐의 가장 높은 곳에 올라가 "슈퍼맨이다!"라고 외치며 뛰어내리다 넘어져 무릎이 까지기 일쑤던 말괄량이였다. 따돌림을 겪고 난 후 어두운 사람이 되어버렸다. 억지로 밝은 척하며 솔직하지 못한 나로 변해버렸다. 따돌림을 시켰던 가해자들의 말은 내 인생의 덫이 되어 나를 옭아맸다.

어느 날 내 마음이 웅크려 있는 나에게 물었다.

'계속 그들의 말에 갇혀 있을 거니?'

따돌림을 당한 건 나의 잘못이 아니다. 하지만 계속 이렇게 사는 것은 나의 잘못이다. 그들이 비록 나를 움츠리게 했지만, 계속 웅크리고 살아가는 건 나로 인한 나의 결과가 되는 것이다. 나는 그들이 아닌 나를 위해 그들을 용서하기로 했다. 소중한 내 인생을 위해 그들을 비워내고 자유롭게 날개를 펴고 날아오르기로 했다. 마음속으로 그들에게 메시지를 보냈다.

'너희가 상상하지도 못할 만큼 오랜 시간 아팠지만, 나는 너희보다 더 큰 사람이기에 용서하겠다. 그러니 누군가를 아프게 했던 미완의 삶이 아닌 더 큰 인생을 살렴.'

용서하고 나자 그들이 과거에 내게 했던 말들이 더 이상 들리지 않았다. 거울을 제대로 볼 수 없을 정도의 자기혐오도 줄었고, 다른 사람의 시선을 극도로 의식하던 모습도 점차 사라졌다. 그들을 비워낸 자리로 조금씩 해맑고 당찼던 내가 채워지는 것 같았다.

다단계 사기를 당했을 때도, 첫 직장에서 일상처럼 인격 모독을 당했을 때도, 두 번째 직장에서 말도 안 되는 해고를 당했을 때도 나는 결국 그들을 용서했다. 그들을 미워하고 원망하느라 들이는 시간조차 아까웠다. 바꿀 수 없는 것에 마음을 두고 감정을 소모하느니, 그 에너지를 나를 위한 활동에 썼다. 사람이 나를 힘들게 하고, 세상에 배신을 당할 때마다 나는 글씨를 쓰고, 그림을 그리고, 책을 읽고, 글을 썼다. 그렇게 나를 성장시키며 취미 하는 내가 되었다.

어둡게 웅크리고 있던 나를 일으켜 세운 것은 '용서'였다. 빛이 있는 밝은 세상으로 한 걸음씩 나오게 해준 것은 '취미'였다. 캘리그라피, 그림 그리기, 독서, 글쓰기까지 용서라는 용기로 시작한 취미는 마음이 다시 움츠러들 때마다 나를 다독였다. 다시 상처를 받는 상황이 와도 나를 위해 용서하는 내가 될 수 있었다.

두근두근
하비라클

어느 날 내 마음이 웅크려 있는 나에게 손을 내민다면 주저 말고 응답해보자. 누군가가 나에게 심어놓은 아픈 말들을 진실로 받아들이는 것을 멈추고, 소소하게나마 취미를 시작해보자. 나를 위해 용서하는 용기를 내어보자. 더 이상 상처에 휘둘리지 않는 순간, 무엇이든 시작하고 도전할 수 있는 나를 마주하게 될 것이다.

정답이 아닌
나만의 해답을
찾기로 했다

더는 버틸 수 없어서 도망치듯 나온 첫 번째 직장. 모두 내가 직장을 그만둔 사실에만 주목할 뿐, 내가 그만둔 이유에 대해서는 아무도 궁금해하지 않았다. 그동안 고생했다고 말해주는 사람보다 월급이 꼬박꼬박 나오는 직장을 조금만 더 버티지 왜 그만뒀냐는 사람이 대부분이었다.

속사정을 들어보지도 않고 충고하는 사람들에게 이런저런 조언을 듣다 보니 나에 대한 믿음마저 흔들렸다. 앞으로 무엇을 하고, 어떻게 살 것인지에 대해 고민하는 시간을 잠시라도 갖고 싶었을 뿐인데 막막해졌다. 이직하면 모든 게 괜찮아질 거라며 빨리 새로운 곳을 알아보라는 주변 사람들의 말을 나는 어느새 따르고 있었다. 이게 과연 맞는 걸까? 내 마음과 반대되는 길을 또 가야 하나 싶어 눈물이 왈칵 쏟아졌다.

느리더라도 나만의 해답으로 빈칸을 채우다

제대로 살고 싶다는 소망 하나로 책을 읽어나갔다. 읽은 책마다 내 마음이 원하는 방향으로 가야 한다고 했다. 다른 사람의 정답을 따라가는 것이 불행하다고 느낀다면, 반드시 멈춰야 한다고도 했다.

나와 비슷한 고민을 하고 나와 비슷한 시행착오를 겪은 사람들의 이야기를 통해 내가 겪고 있는 시련이 나만의 문제가 아님을 깨달았다. 때로는 현실적인 선택을 하고, 사회가 원하는 기준에 맞춰 살아도, 그들은 자신의 길을 쉽게 포기하지 않았다. 각자의 상황에서 새로운 시도를 거듭했던 그들을 보며 나역시 희망을 품었다. 언젠가 나도 내가 원하는 일을 찾고, 그

일로 먹고살면서도, 끊임없이 성장할 수 있을 것이라는 희망
말이다.

이대로 살다가는 내 삶이 더 큰 나락에 빠질 수도 있겠다는
생각이 들어 멈춰보기로 했다. 오지선다형 문제의 답을 찍는
것은 빈칸만 제시된 주관식 문제에 답을 쓰는 것보다 접근이
쉽다. 정확한 답을 맞힐 확률도 높다. 하지만 나는 이제 정답을
맞히는 것보다 느리더라도 조금씩 빈칸을 채우고 싶어졌다.

다수가 말하는 정답이 아니라 나만의 해답을 찾고 싶었다.
조건과 경력을 내세우며 누군가에게 그럴듯하게 보이는 사람
이 아니라, 그저 나다운 사람이 되고 싶었다.

빈칸을 채우다 보니 알게 된 것

다양한 정보와 지식을 접하고, 누군가의 시행착오와 깨달음
으로 간접경험을 해나가며 나를 둘러싸고 있는 정답의 틀을 허
물어갔다. 책을 읽는 것에서 멈추지 않고 꾸준히 서평을 쓰며
기록으로도 남겼다.

나에 대한 고찰과 세상을 향한 통찰이 거듭됐던 시간. 책과 소통하며 답답했던 마음은 한결 가벼워졌고, 글을 써나가며 브런치 작가에도 도전할 수 있었다. 꾸준히 나의 일상과 시선을 기록해나가며 나는 확실히 알게 되었다. 내가 진정으로 원하는 삶은 입시 교육으로 아이들을 경쟁하게 하는 것이 아니라, 나의 콘텐츠로 누군가에게 기분 좋은 에너지를 주는 것임을 말이다.

또 나는 조직 생활보다 독자적으로 시스템과 커리큘럼을 구축하는 쪽이 적성에 맞았다. 다른 사람과 주어진 일을 함께할 때보다 나의 일을 혼자서 자유롭게 할 때 더 능률이 올랐고, 아이디어를 바탕으로 기획을 하고 콘텐츠로 만드는 일이 재밌었다.

일과 사람, 세상의 기준과 잣대에 치여 계속 넘어졌던 나는 작은 취미를 시작하며 자기긍정감을 회복했다. 더불어 나와 내 삶을 사랑하게 되었고, 이 작지만 놀라운 기적을 나누고 싶어 '하비라클'을 만들어 여러 모임을 기획했다. 모든 것을 스스로 해내야 했기에 그 과정은 여러모로 힘들었지만, 내가 추구하는 가치와 바라는 삶의 모습을 절대 포기하고 싶지 않았다.

새벽 기상을 해가며 직장과 1인 기업을 병행했던 치열한 1년을 보냈다. 나는 내가 원하는 시점에서 내가 바라던 모습으로 세 번째 직장을 퇴사했다. 지금은 하루 24시간을 온전히 나의 시간으로 활용하며, 더 많은 일을 계획하고 꿈꾸고 있다. '내일 또 어떻게 버텨야 할까'라며 뜬눈으로 밤을 지새우던 나는 '내일은 또 어떤 하루가 될까' 하고 기대하며 잠든다.

우리는 여러 가지 이유로 자신만의 주관식을 써나가는 시도를 하지 못하거나 중도에 포기한다. 경제적 여유가 없어서, 주변 사람들이 반대해서, 미래가 불확실해서 등의 이유로 말이다. 나 역시 다수가 말하는 정답만을 좇으며 나를 모른 채 살아왔다. 나는 다단계 사기를 당할 정도로 세상 물정을 모르는 사람이었고, 도망치듯 퇴사하고, 부당해고까지 당한 직장 부적응자였다.

그러나 직장인 시절의 월급 이상의 수익을 달성해 1인 기업가로 홀로서기에 성공한 지금은, 취미와 관련된 온라인 모임을 운영하는 '하비라클'의 대표다. 나는 나만의 해답을 찾았고, 내 미래의 청사진을 나답게 구축해나가고 있다. 내 인생을 주도적으로 경영하고 결정하는 CEO$^{Chief Executive Officer}$ 이자 내 인생의 로드맵을 설정해나가는 여행자^{traveller}로 하루하루 나의 길을 개척해나가고 있다. 나만의 해답을 나는 '취미'에서 찾았다.

두근두근
하비라클

아무리 힘들어도 나만의 해답을 찾는 시도를 멈추지 않았으면 한다. 힘든 날이 있으면 좋은 날이 올 수 있고, 아직 나에게 맞는 타이밍이 오지 않았을 수도 있다. 정해진 길을 따라가기 위해 내가 없는 삶을 사는 것보다 조금 돌아가더라도 내 삶의 이정표를 그려나가는 게 좋지 않을까.

세상살이가
고달픈 수많은
어른이에게

　매년 5월 셋째 월요일은 성년의 날이다. 만 19세에 이르면 미성년에서 성년이 된다. 성인이 되면 많은 것이 허용된다. 술을 마실 수도 있고, 연령제한에 걸렸던 영화도 마음껏 볼 수 있다. 성인이라는 꼬리표가 달리는 순간 많은 자유가 허용되지만, 그만큼 그에 따르는 책임이나 기대도 커진다.

　성인이 되기 전에는 모두가 학생이라는 신분과 위치로 공통된 목표를 가지고 비슷한 맥락으로 생활하지만, 성인이 되는 순간 다양한 선택지가 주어진다. 대학을 진학하는 경우가 대부분이지만, 바로 취업하거나 시험을 준비하기도 한다. 뜻하는 바가 있어 해외나 타지를 가기도 하고, 일찍 가정을 꾸리며 과업에 충실한 삶을 살기도 한다.

땡 하고 오늘부터 어른이 될 수 있을까

입시라는 목표를 향해 있을 때는 대학만 가면 '불행 끝, 행복 시작'인 줄 알았다. 대학만 가면 마치 모든 것이 한 번에 해결될 것만 같다. 하지만 막상 대학에 오면 곧바로 목표는 '취업'으로 대체된다. 그런데 지금껏 정해진 길만 열심히 달려왔기에 스스로 어떻게 자신의 길을 꾸려가야 할지 모른다. '멋진 어른'이 될 것이라 믿었던 기대는 어느새 사라지고 '방황하는 어른이'로 위태롭게 존재할 뿐이다.

'나는 누구인가?'

'내 존재 이유는 무엇인가?'

'나는 어떤 사람이 되고 싶은가?'

'내가 세상에 전하고자 하는 가치는 무엇인가?'

'내 삶의 비전과 소명은 무엇인가?'

어떻게 하면 한 문제라도 더 맞힐지, 어떻게 하면 등급이 올라갈지 같은 근시안적인 고민만 했지, 나와 내 인생에 대해 깊이 고민한 적이 없다. 그래서 최대한 많은 사람이 가는 길이 옳은 길이라 판단하고, 공부를 잘해야 모든 게 유리해진다는 공식처럼, 취업을 잘해야 모든 게 안정된다고 생각한다.

사회적 분위기와 기준에 부합하지 않는 사람이 되는 순간, 우리는 순식간에 낙오자가 된다. 아직 본격적인 레이스가 펼쳐지지도 않았는데, 벌써 패배자가 된 심정이다. 실패하는 연습을 많이 해야 꿈꾸는 성공에 가까워질 텐데, 실패가 무서워 작은 시도조차 하지 못하는 겁쟁이 어른이 된다.

'어른이'가 좀 더 나다워지는 열쇠, 취미

나이와 세대는 중요하지 않다. 나이를 먹는 것만으로 어른이 되는 것도 아니고, 세대가 바뀐다고 해서 어른이 되는 것도 아니다. 주체적이 되지 않는 한, 신체적으로는 '어른'이 됐어도 정

56

신적으로는 여전히 '어른이'다.

지금이라도 자신에게 질문을 던져야 한다. 삶에 관한 본질적이고도 핵심적인 질문을 말이다. 물론 이 질문에 관한 답은 사람마다 다를 것이다.

나는 오랜 시간 방황했다. 내 성향을 인정하지 않고 억지로 바꾸려 했고 부작용으로 찾아온 무력감과 자기혐오로 청춘을 낭비했다. 다행히 취미를 만나 오랜 방황을 멈출 수 있었다. 조금씩 기운을 회복하고, 내 삶에 의지를 품을 수 있었다. 어른인 척 애쓰며 고달픈 세상살이를 해내느라 지친 내면아이를 보듬어줄 수 있었다.

취미 하는 순간만큼은 억지로 어른인 척하는 가면을 내려놓고, 그저 존재만으로도 소중한 '어른이'일 수 있었다. 세상살이가 고달플 때마다 나는 취미 하는 시간의 품으로 들어가 따뜻한 위로를 받았다. 세상이 나를 배신하고 사람이 나를 힘들게 할 때마다, 내 과거나 불안감이 현재의 나를 가두고, 내가 나를 괴롭힐 때마다 취미에 오롯이 집중했다.

취미는 즐거운 활동 그 이상이다. 무엇을 하고 싶은지 무엇을 좋아하는지 질문을 던져봄으로써 나 자신을 조금 더 깊고 다양하게 알아갈 수 있는 고차원적인 활동이다. 한번 다음 질문에 답을 생각해보자.

'여유 시간에 가장 많이 하는 활동은 무엇인가?'

'시간이 가는 것도 모를 정도로 몰입했던 활동은 무엇인가?'

'즐거움 이상으로 성장을 돕는 활동은 무엇인가?'

'시간과 돈을 들여서라도 하고 싶거나 배우고 싶은 활동은 무엇인가?'

'힘들 때 위로가 되는 활동은 무엇인가?'

이 질문에 답하는 것부터 시작해보자. 특별한 것 없는 질문으로 보일 수도 있지만, 현재 스스로 무엇을 하고 있고, 어떤 상태나 상황인지, 어떤 활동이 나와 어울리고 시너지를 낼 수 있는지 알게 되면, 고민의 실마리가 풀리기도 하고 뜻밖의 내 모습을 발견하기도 한다.

흘러가는 세상의 흐름을 우리는 바꿀 수 없다. 고달픈 세상살이 또한 피하려야 피할 수 없다. 나의 외부는 바꿀 수 있는 것보다 바꿀 수 없는 것이 더욱 많다. 하지만 나의 내부는 충분히 바꾸고 성장할 수 있다.

나는 취미를 통해 비로소 내가 될 수 있었고, 그 시간만큼은 꽤 괜찮은 사람이 될 수 있었다. 취미 하는 시간이 쌓이며 내 인생 또한 조금씩 밝아지고 단단해졌다. 세상이 벅차고 야속한 '어른이'라면 내 삶을 좀 더 나답게 해줄 수 있는 시간을 선물해보면 어떨까.

혼자 있는 시간에 자신에게 질문을 던져보고 자신만의 답을 내려 보자. 나의 결에 맞는 취미를 가져보자.

"원데이클래스로 삶의 무료함을 이겨냈어요"

하비스트 A씨(50대, 미용사)

미용실을 오가는 일상이 매일같이 반복된다. 어릴 때부터 좋아서 시작한 일이지만 손목과 어깨가 자꾸 시큰거려, 이 일을 언제까지 할 수 있을지 고민이다. 갱년기가 찾아오고 늘 익숙하게 해왔던 업무조차 무거운 짐 덩어리처럼 느껴진다. 그렇다고 일을 그만둘 수도 없으니 어찌해야 할지 방도를 모르겠다. 마음속에서 경고음이 점점 커져만 간다. 더는 이대로 내 시간 하나 없이 일만 할 순 없다는 괴성과도 같다.

이대로 늙어가면 안 되겠다는 확신이 들었다. 후회로 점철하기엔 내 인생은 너무 소중하니까. 그동안 해보고 싶었던 취미에 도전하기로 했다. 가족만 챙기느라 나를 등한시했는데 그러지 않기로 했다. 엄마이자 아내이기 이전에 나는 이 세상에 하나밖에 없는 귀한 사람이니까.

휴무일에 원데이클래스를 다니기 시작했다. 꽃을 눌러서 건조해 작품을 만드는 꽃누르미 클래스, 팬플룻을 직접 불어보는 클래스, 코바늘로 손뜨개를 해보는 클래스, 화과자를 만들어보는 클래스 등 다양하게 참여했다. 그 덕분에 배움을 향한 의지가 컸다는 걸, 다양한 관심사를 가지고 있었다는 걸 깨달았다.

평범하고 똑같던 일상에 취미 하나를 더했을 뿐인데 어쩌나 생기가 돋던지. 일하는 것도 다시 조금씩 즐거워졌다. 새로운 취미를 배울 날만 생각하면 아무리 힘들어도 버틸 맛이 났다. 취미를 하지 않았다면 깨닫지 못했을 즐거움이다. 나를 챙기는 것의 중요성도 몰랐을 것이다. 그렇기에 감히 말할 수 있을 것 같다. 취미 덕분에 인생이 달라졌다고.

나는 앞으로도 꾸준히 취미와 함께할 것이다. 현실에 치여 배우고 싶은 게 있어도 나중으로 미루기보다 지금 당장 시도하면서 살 것이다. 앞으로의 내 남은 인생이 얼마나 더 빛날지 기대된다.

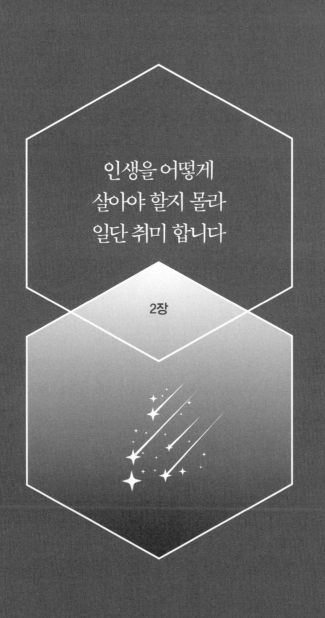

인생을 어떻게
살아야 할지 몰라
일단 취미 합니다

2장

어쩌다 맞닥뜨린
막다른 길,
뭐라도 합니다

두 번째 직장에서 나는 잘렸다. 첫 직장은 1년 반을 버텼고 스스로 그만두었지만, 두 번째 직장은 고작 한 달을 다녔고 부당하게 해고당했다. 일방적으로 해고를 통보받았을 때 갑작스레 막다른 골목을 맞닥뜨린 기분이었다.

두 번째 직장에서의 한 달 동안 나는 한없이 비참했다. 한순간에 존재감 없는 유령이 되어 있었고, 인격 모독을 당하기도 했다. 이 비참함을 만회하고 나를 부당하게 대했던 사람들에게 복수하는 건 내가 하루라도 빨리 잘 사는 것이었다. 오기가 생겼다.

내가 진짜 원하는 것

전자책 애플리케이션을 실행했다. 책은 힘들 때마다 따뜻한 피난처가 되어주었다. 책 속 세상과 연결되는 시간은 내 삶을 다시 일으켜 세우는 자양분이 되었다. 언제나처럼 홀로 책을 읽었다.

나와 닮은 저자를 만나는 건 행운이다. 임원화 작가의《스물아홉, 직장 밖으로 행군하다》를 읽으며 소름 돋을 만큼 나와 비슷한 저자의 모습에 매료되었다. 이야기에 흠뻑 빠져 2시간 만에 책 한 권을 완독했다.

전문직 간호사에 이름만 들어도 알 만한 대학병원에서 직장생활을 했던 작가는 자신의 길을 가기 위해 안정적인 많은 것을 내려놓았다. 3교대 근무를 하며 응급상황이 많은 중환자실 간호사로의 일만으로도 고단했을 텐데, 작가는 대중강연을 하고 싶다는 자신의 꿈을 실현했다. 3교대 근무를 하면서 틈틈이 병원 사내 강의를 병행했고 책까지 써냈다. 책 출간을 계기로 지식 콘텐츠를 기반으로 한 1인 기업가이자 강연가로의 길을 나아가고 있다.

임원화 작가는 진정 자신이 원하는 일을 위해 고군분투했다. 그의 모습을 보며 꼭 취직만이 인생의 유일한 답이 아님을, 누구나 자신만의 고유한 콘텐츠로 1인 기업이 될 수 있음을 깨달았다. 미래는 스스로 개척하는 자의 것이었다.

두 번째 직장은 교육 콘텐츠로 선한 영향력을 펼치고 싶어 지원한 곳이었다. 그런데 생각해보니 그곳 역시 내 소명에 맞는 일이 전혀 아니었다. 어딘가에 소속되고 적응하기 위해 애쓰기보다 그 에너지와 노력을 온전히 나의 시스템을 구축하는 것에 쏟아야겠다는 결심이 섰다.

내가 과연 어떤 콘텐츠로 홀로서기를 할 수 있을지, 나아가 사람들에게도 어떻게 도움을 줄 수 있을지 고민했다. 고민에 고민을 거듭한 시간이었지만 불안하지 않았다. 걱정에 휩싸인 고민이 아니라 목표가 생기고 길을 찾아가는 고민이라 한결 마음이 놓였다.

내 미래를 의심하는 것부터 멈추기로 했다. 현재 상황에 질문을 던지고 지금의 조건에서 내가 할 수 있는 것부터 해보기로 했다. 취미가 하나둘 늘어갔고 나는 취미로 인한 생각 변화를 기록했다. 그 기록을 토대로 취미를 통해 자기긍정감을 회복했음을 알게 됐다. 취미를 하면서 채워진 시간과 에너지가 다시금 나를 세상으로 나아가게 했다.

취미는 내게 단순히 삶의 여유나 즐거움만을 가져다준 것이 아니었다. 취미로 내가 스스로 괜찮은 사람이라는 자신감을 가질 수 있었고, 내 인생을 진정한 나로 리부팅할 수 있었다. 취미를 만나고, 취미를 하고, 취미 했던 시간 동안 나는 변화했고 성장했다.

'취미로 인한 기적'을 독자적 콘텐츠로

취미로 인한 기적을 널리 알리고 싶었다. 보다 많은 사람이 취미와 함께 더 풍요로운 삶을 살길 바랐다. 과거의 나처럼 힘든 시련에 처해 있다면 취미로 극복하길 바랐고, 취미로 인해 새로운 시작이나 홀로서기를 할 수 있길 바랐다.

취미로 기적을 일으킬 수 있다고 하면 의아해할지도 모르겠다. 취미가 어떤 상품처럼 명확한 실체가 있는 것도 아닌 데다, 시간적으로나 경제적으로 여유가 있는 사람이나 하는 것이라 여겨지기 때문이다. 먹고사는 문제가 중요했던 기성세대에게 취미는 사치였다. 은퇴해서 시간이 생기면 할 수 있는 일, 여유 있는 사람이나 일하며 틈틈이 즐기는 일이었다.

하지만 시대가 변했다. 현세대는 자신의 가치와 삶의 질을 추구한다. 직장에 다니더라도 업무에만 얽매이지 않고 자신만의 무언가를 창출하길 바라며 자신의 취향과 개인의 시간을 중요시한다. 실제로 좋아하는 것을 취미로 하다가 실력을 높여 그와 관련된 직장에 들어가는 사람도 있고, 취미가 평생의 직업이 되어 '덕업일치'를 이루는 사람도 있다.

주 52시간 근무제로 확보된 저녁 시간을 개인 성장에 활용하는 직장인이 늘었다. 예기치 못한 코로나19로 집에 머무는 시간이 늘면서 취미에의 관심은 더 높아졌다. 바쁜 현대인에게 취미는 쳇바퀴 같은 삶의 활력소가 되고 있다.

내가 내 인생의 주인공임을 잊지 않기 위해서라도 나를 위한 활동을 해보는 건 어떨까? 아주 대단하고 거창한 활동이 아니

어도 좋다. 내가 나를 위해 뭐부터 할 수 있을까 질문을 던지며
작은 행동부터 시작해보면 된다.

두근두근
하비라클

소박하게 시작한 취미가 방향을 잃은 당신에게 길을 알려줄지도 모른
다. 막다른 길이기에 뭐라도 할 수 있지 않은가.

괜찮지 않은 날이 없던 때의 비상구, 블로그

나의 사회생활은 졸업한 지 한 달도 되지 않아 바로 시작됐다. 누구나 그렇겠지만 간절한 마음으로 입사해도 버텨내기 힘든 것이 첫 사회생활이다. 충분한 준비나 명확한 목표 없이 울며 겨자 먹기로 시작한 사회생활은 역시나 힘들었다. 정신없이 쏟아지는 업무, 어렵기만 한 사람들과의 관계로 회사 일을 걱정하느라 퇴근해서도 제대로 쉬지 못해 건강까지 나빠졌다.

일과 사람에 치이는 것도 힘들었지만, 자존감이 떨어질 대로 떨어져 내가 나를 믿지 못하게 된 현실이 괴로웠다. 매일 고객의 항의와 상사의 지적에 시달렸다. 어느 날 문득 거울의 나와 눈이 마주쳤다. 멍한 눈빛으로 한껏 어깨를 움츠린 내가 보였다. 참고 억눌러왔던 울음이 터졌다.

"저, 그만두겠습니다."

그만두겠다는 말을 꺼내기까지 1년 6개월이 걸렸다. 일을 시작한 지 4개월이 지났을 무렵 그만둬야겠다고 마음먹었지만, 어떻게든 1년을 버텨야 한다는 생각에 그 말을 삼키고 또 삼켰다. 1년을 채우지 못하면 왠지 패배감이 들 것 같았다.

하루에도 수십 번씩 '이건 아니다'라는 생각이 들었지만, 꾸역꾸역 버텨냈다. 그러다 보면 익숙해지지 않을까 싶었다. '세상사가 원래 이런 거야', '누구나 다 힘들어', '어차피 인생은 버티는 거야'라고 되뇌었다. 힘들어도 다시 출근길을 나서는 보통의 직장인이길 바랐다.

하지만 나는 생각보다 복잡한 사람이었다. 스트레스가 극에 달해 더는 일상생활이 불가능한 몸 상태가 되고 말았다. 결국 도망치듯 첫 직장을 나왔다.

그토록 바라던 시간과 자유가 주어졌다. 누구의 눈치도 볼 필요 없이 조금은 편하게 내 마음을 돌아볼 수 있을 것 같아 안도했다. 하지만 그 자유로움을 유지하려면 돈이 있어야 했다. 1년을 쉬며 재충전할 돈은 있었지만 '남들은 경력 쌓으며 나아가는데, 1년이나 쉬어도 되는 걸까?'라는 생각에 마음이 영 편치 않았다.

갑자기 주어진 시간을 '어떻게 써야 할지'보다 '써도 될지'를 걱정했다. 지금은 재충전의 시간이 있어서 그다음 단계로 나아갈 수 있었음을 알지만, 그때는 직장생활을 꾸역꾸역 해내던 때만큼의 불안감이 들었다.

무려 한 달이라는 시간 동안 불안감과 마주한 후에 나는 깨달았다. 아직 일어나지 않은 일과 알 수 없는 미래를 걱정하며 지금을 헛되이 보내는 것은 내 인생에 무책임한 행위라는 걸. 직장을 그만두기로 한 건 내 결정이었고, 그 결정은 돌이킬 수 없다. 나는 그때의 내가 내렸던 결정을 존중하고, 그 결정에 책임을 져야 했다.

노트에 쓰듯 블로그에 쓰다

뭐라도 하기로 했다. 나를 위해 지금 당장 할 수 있는 일이 무엇일지 생각해보았다. 그러자 '책'이 떠올랐다. 나는 힘들 때마다 책을 펼쳐 들었다. 직장 다닐 때도 틈틈이 책장을 채우고 책을 읽었다. 늘 그랬던 것처럼 불안한 마음이 들자 자연스레 책이 떠오른 것이다.

생각난 김에 당장 온라인 독서 모임에 가입했다. 책 읽는 환경을 조성하고 매일 15분씩 책을 읽어나갔다. 어느 정도 독서가 일상에 자리 잡자 '블로그에 서평을 써야겠다'라는 생각이 들었다.

기록을 남김으로써 책에 담긴 지혜를 오롯이 흡수하고 싶었다. 누가 시킨 것도 아니고, 보상이 있는 것도 아니었는데도 독서하고 블로그에 서평 쓰는 일을 꾸준히 했다.

처음 올린 블로그 글은 짧은 데다 어딘가 모르게 어색했다. 그래도 이왕 시작한 일이니 계속 해보고 싶었다. 무언가를 끝까지 해내는 사람임을 증명해내고 싶었다. 어느덧 독서와 블로그에 서평 쓰기는 새로운 취미, 일상의 활력, 목표 의식이 있는 일이 되었다.

서평이 점점 쌓이자 공감을 눌러주고, 댓글을 달아주는 사람도 늘었다. 내 서평을 보고 책을 읽어보고 싶어졌다는 댓글이 하나둘 늘자 서평 쓰기가 더 재미있었다.

꾸준히 글을 올리다 보니 1년 새 80편이 넘는 서평이 쌓였다. 꼭 해내야 하는 일이라고 생각했으면 중도에 포기해버렸을 것이다. 내 성장을 위한 취미라고 생각했기에 부담 없이 즐겁게 오래도록 유지할 수 있었다.

독서와 블로그 서평 쓰기를 하며 내가 어떤 사람인지 명확히 알 수 있었고, 어떤 업을 통해 나다운 삶을 실현할 수 있을지에 대한 답을 내릴 수 있었다. 그리고 '내가 취미를 통해 자기긍정감을 회복한 것처럼 다른 사람들에게도 취미의 기쁨을 알려주고 싶다'라는 비전을 품게 됐다.

단 하루도 괜찮지 않았던 나에게 독서는 숨통을 트이게 하는 쉼터였고, 블로그는 잠시 숨을 돌릴 수 있는 비상구였다. 블로그라는 공간에서만큼은 나를 있는 그대로 드러낼 수 있었고, 진짜 내가 될 수 있었다. 블로그는 나만의 브랜드를 구축하는 하나의 시스템이 되었고, 취미로 작은 기적을 만들고 싶은 사람들을 위한 공간이 되었다.

취미에는 정해진 조건도 틀도 없다. 꼭 돈을 내고 배우지 않아도 되고, 자격증을 갖출 필요도 없다. 많은 사람에게 알려진 활동이 아니어도 된다. 블로그에 그저 나의 글을 올리는 것도 취미가 될 수 있다. 꼭 잘 쓰지 않아도 되니 뭐든 써보면 어떨까. 쓰다 보면 미숙했던 글솜씨도 다듬어질 것이다.

두근두근
하비라클

당신의 지금이 조금이라도 안녕하지 않다면, 독서와 블로그 글쓰기를 권하고 싶다. 무엇을 취미로 해야 할지 모르겠다면 지금 당장 책장으로 달려가보자. 네이버에 로그인하고 블로그에 접속해보자. 독서와 블로그 글쓰기가 당신 인생의 터닝포인트가 될지도 모른다.

가성비 만년필
하나로도 충분!
캘리그라피

   캘리그라피를 취미로 해온 지 벌써 8년이다. 지금은 아이패드를 활용해 캘리그라피를 할 만큼 준전문가가 되었지만, 나의 첫 시작은 싸고 실용적이었던 만년필 한 자루가 전부였다.

   스마트폰으로 블로그 서핑을 하다가 우연히 본 캘리그라피 작품이 나를 이 세계로 이끌었다. '과연 내가 잘할 수 있을까?' 하는 생각도 들었지만, 이번 기회에 '잘해야 한다는 압박'에서 벗어나는 연습도 해보기로 했다. 그렇게 가벼운 마음으로 시작한 캘리그라피는 이제는 나의 든든한 취미가 되었다.

한 글자 한 글자 쓰며 집중할 때

지금 작품과 처음 시작했을 때의 작품을 비교해보면 같은 사람의 캘리그라피라는 생각이 안 들 정도로 내 캘리그라피 실력은 성장했다. 지금 작품만 보면 '원래부터 캘리그라피에 재능이 있는 사람'이라고 생각할지도 모른다(실제로 그런 이야기를 들어봤다).

타고난 감각이 있어서 캘리그라피를 시작한 것은 아니다. 손재주가 있다는 소리를 들어본 적도 없고, '금손'도 아니다. 그저 좋아 보여서 시작했고 해보니 역시나 좋아서 꾸준히 했다. 그렇게 즐기는 시간이 쌓여 자연스럽게 실력이 늘었을 뿐이다.

오로지 쓰는 데만 집중하면 그 순간에는 아무 생각도 들지 않는다. 복잡한 생각도, 끝없는 고민도 그 순간만큼은 내려놓을 수 있다. 잘 쓰고 말고는 중요하지 않았다. 마음을 울리는 좋은 글귀를 쓰는 것만으로도 치유되는 기분이다.

문장을 보기만 할 때와 캘리그라피로 쓸 때의 느낌은 전혀 다르다. 좋은 문장을 보고 음미하는 것도 좋지만, 한 글자씩 직접 써 내려갈 때면 더없이 벅차고 충만해지는 기분이다.

화려하고 멋진 작품을 완성해야 한다는 마음이 아니라 내가 쓰고 싶은 글귀를 부담 없이 재밌게 써보자는 마음이었기에 꾸준히 캘리그라피를 해올 수 있었다. 정신없이 바쁘게 하루를 보낸 날에도, 잔뜩 녹초가 되어 돌아온 그 어느 날에도 나는 붓을 잡았다. 단 몇 분이라도 차분히 글씨를 써 내려갔다. 아무리 피곤하고 힘든 날에도 그 순간만큼은 생기가 넘치고 활력이 돌았다.

만년필 한 자루로 시작했던 캘리그라피는 붓펜과 붓으로 이어졌고, 아이패드로까지 확장되었다. 일단 해보자는 마음으로 시작한 초보자가 지금은 꽤 근사한 캘리그라피 작품을 완성하는 실력자가 되었다. 잘해야 한다는 부담감을 떨쳐내기 위해 시작한 캘리그라피는 아이러니하게도 잘하는 일이 되어 나의 자존감을 높여주는 무기가 되었다.

새로운 첫 시작이 없으면 변화도 없다

우리는 살아가면서 언제나 처음을 마주한다. 마음 편하게 시작하는 가벼운 취미라 할지라도 처음은 언제나 어설프다. 일이나 사람과의 관계에서 염려하고 신경 쓰던 습관이 취미를 할 때도 영락없이 드러난다. 실수할까 봐 긴장하고, 좋은 평가를 받지 못할까 봐 눈치를 보는 것으로 말이다.

모든 일이 시작부터 순조롭고 완벽하면 좋겠지만, 세상에 그런 시작은 찾아보기 힘들다. 우리는 그저 시작하는 것만으로도 충분하다. 도전하는 것만으로도 값진 시도가 아닐까.

만년필 한 자루로 글씨를 써 내려가는 데 온전히 몰입했고, 그 과정이 반복되면서 더 잘하고 싶은 마음이 생겼다. 무기력하고 우울했던 나는 어느덧 무언가를 열정적으로 하는 나로 변모했다.

때로는 아무것도 모르고 시작하는 것이 효과적일 때가 있다. 완벽한 준비를 하려다가 시작조차 하지 못할 수 있다. 가끔은 깊은 지식과 넘치는 정보가 즐거운 시작을 방해하기도 한다. 나 역시 캘리그라피에 관해 알아보는 것부터 시작했다면 취미가 오래 지속되진 못했을 것이다. 다른 사람들의 멋진 작품과 만년 필로 쓴 내 첫 글씨를 비교하며 기가 죽었을 것이기 때문이다.

가벼운 마음으로 시작하는 것이 중요하다. 그러면 원하는 결과가 당장 나오지 않더라도 크게 상심하거나 쉽게 포기하지 않는다. 과정에서 이루어지는 작은 성장과 소소한 변화가 쌓이면 그 효과는 생각보다 크다. 작은 성장과 소소한 변화에 의미를 두면 지속하는 과정 또한 즐겁다.

일단 시작하자. 과정에 몰입하면 저절로 더 잘하고 싶어진다. 혼자 필요한 공부를 찾아서 하고, 다른 사람에게 도움을 요청한다. 자연스럽게 배움에 열정적으로 된다. 시간과 노력이 쌓이면 자연스레 실력은 좋아진다. 그렇게 한 단계씩 쌓아 올린 실력은 시간이 지날수록 단단한 내공이 된다. 그리고 어느 순간, 누군가에게 그 지식과 경험을 나눌 기회가 찾아오기도 한다.

나는 캘리그라피 작품을 팔아보는 색다른 경험을 해보았다. 아이패드용 캘리그라피 브러시를 제작해 사람들에게 무료로 공유해보기도 했다. 소중한 사람들에게 캘리그라피 작품을 만들어 선물로 주는 기쁨도 맛보았다. 언젠가 캘리그라피 작품으로 개인 전시회를 열어보겠다는 꿈도 생겼다. 단돈 2만 원짜리 만년필 하나로 시작한 취미는 내게 많은 경험과 의미 있는 추억을 안겼다.

캘리그라피는 앞으로도 내게 더 많은 기회를 안겨줄 것이다. 스마트 스토어에 작품을 판매하거나 유튜브에 개인 채널을 개설해 수익을 창출할 수도 있다. 캘리그라피를 활용한 엽서, 카드, 스마트폰 바탕화면 등 부가적인 상품을 제작해 판매할 수도 있다.

취미를 하며 미완성인 나를 조금씩 완성해나가는 것만큼 보람차고 즐거운 일도 없다. 잘하려 애쓰지 않아도 된다. 그저 나의 의지로 나의 세계를 펼칠 수 있다면 충분하다. 처음 사용했던 만년필은 한참 전에 고장이 나서 버릴 수밖에 없었지만, 나는 아직도 그 만년필이 그립다. 정확히 말하면 그 만년필과 함께했던 시간이 그립다. 사각사각 소리를 내며 한 글자 한 글자써 내려갔던 그 순간은 시들어가는 나를 소생시켜주었던 더없이 소중한 시간이었다.

두근두근
하비라클

난관에 부딪힐 때면 만년필 하나로도 충분했던 나의 첫 시작을 떠올린다. 떠올리면 미소가 지어지고 힘이 불끈 솟는 순간들. 그 시간이 쌓일수록 행복한 인생에 가까워지는 게 아닐까. 자신만의 취미를 찾아 그런 순간을 많이 쌓아보자.

방구석에서 쏘아 올린
슬기로운
취미생활

나는 취미가 기적을 일으킬 수 있다고 생각한다. 힘든 시기를 이겨내기 위해서, 뭐라도 해야 불안하지 않아서, 진정한 나로 살고 싶어서 시작한 취미로 나는 생각을 바꾸고, 행동을 바꾸고, 결국 인생까지 바꿨다.

무엇이든 해본다는 건 분명히 의미가 있다. 길을 잃었다고 느끼거나 인생이 뒤흔들 만한 결핍과 상실을 느꼈다면 더욱 그러하다.

그저 그림을 그려보고 싶어서

첫 직장을 그만두고 새로운 취미를 찾던 때였다. 어떤 취미를 해볼까 고민하다 그림을 한번 그려보기로 했다. 초보자가 집에서도 쉽게 취미 클래스를 들을 수 있는 '클래스 101' 애플리케이션을 발견했고, 나만의 캐릭터를 만들 수 있는 강의가 있어 비용을 결제했다. 보통은 한참을 망설였을 텐데, 취미 앞에서의 나는 평소보다 과감하다.

큰 목표는 없었다. 나만의 캐릭터를 만들면 재밌을 것 같아 시작했다. 6~8분 정도 길이의 수업 영상은 따라가기 어렵지 않았다. 얼굴형 그리기부터 표정, 몸, 3등신 캐릭터 및 5등신 캐릭터 그리기까지 차근차근 단계를 밟아나갔다.

강의를 듣고, 레벨에 맞는 과제를 수행하고, 피드백을 듣는 과정이 반복됐다. 과정을 거치고 나니 어느새 내 그림은 볼 만한 수준이 되었다. 그림이 귀엽다는 칭찬에 조금씩 자신감이 붙었다.

그러자 더 큰 목표가 생겼다. 아이패드로 디지털 인물화 그리기에 도전해보고 싶은 마음이 들었다. 캐릭터 그리기에서 중간과정 없이 바로 인물화 그리기로 간다는 게 다소 무모한 듯했지만, 이왕 하는 거 도전해보고 싶었다.

인물화 그리기는 따로 강의를 듣기보다 유튜브를 보며 혼자 이것저것 따라 해보았다. 처음에는 그리고자 한 인물과 전혀 닮지 않은 결과물이 나왔다. 하지만 계속 새로운 붓을 사용해보고, 검색도 해보면서 서서히 감을 잡아나갔다. 명암을 주고, 여러 방법으로 세부 표현을 거듭 시도한 끝에, 이제는 누구나 내가 그린 인물화를 보고 바로 그 대상을 떠올릴 수 있는 수준이 됐다.

가볍게 시작한 취미라도 몰입하다 보면 진심이 되기 마련이다. 그림을 그릴 때 처음에는 어떤 붓을 사용해야 할지 몰라 기본으로 제공된 것 중 아무거나 하나 골라 그렸다. 하지만 시도가 거듭되면서 다른 붓으로도 그려보며 내게 가장 좋은 붓을 고를 수 있었다. 아마 기본으로 제공된 붓만으로 계속 반복해서 그리기만 했다면 실력은 지금만큼 향상되지는 못했을 것이다. 첫 시도에 머물지 않고, 더 잘해보려는 고민과 다양한 시도를 했기에 나만의 스타일을 구축해나갈 수 있었다.

"재미있겠는데? 한번 해보자!"

나는 그림 그리는 취미를 통해 '꼭 재능이 있어야만 모든 것을 잘할 수 있다'라는 편견에서 벗어날 수 있었다. 예전에는 손으로 뭘 만들어야 할 때 "손재주가 없어서……."라는 말부터 꺼냈다면, 이제는 "재미있겠다!"라고 기대하는 사람이 되었다.

재능이 없어도 충분히 그림 그리기를 시작할 수 있다. 그림 그리기를 오롯이 즐길 수 있다는 것 또한 축복이라고 생각한다. 다양한 시도를 해보고, 꾸준한 연습을 거듭하며, 나만의 무언가를 만들어나가는 것은 대단히 의미 있는 일이다.

재능만이 전부라는 생각에 갇혀, 취미로도 시작하지 못한다면 모든 가능성은 제로가 된다. 어떤 일이든 처음부터 잘할 수 있는 일은 없다. 그러니 전문가를 따라 하거나 선구자가 구축한 시스템을 적극적으로 활용하여 하루하루 실력을 키우는 경험을 꼭 한번 해보자.

생각보다 진도가 나지 않아 속상할 때도 있고, 들인 시간과 노력에 비해 결과가 초라해 우울할 때도 있다. 중도에 포기하고 싶을 때도 있을 것이다. 하지만 차곡차곡 쌓인 시행착오가 내 삶을 성장시키는 새로운 힌트가 될 수 있어서 나는 섣불리 포기하지 않았다. 오히려 취미를 하다가 맛본 작은 성취감이 내게는 회복탄력성이 되어 길고 길었던 슬럼프의 터널을 빠져나올 수 있었다.

방구석에서 쏘아 올린 취미 생활로 나는 점차 단단한 사람이 되었고, 나를 사랑하게 되었다. 하나의 취미는 다른 취미로 연결되어 하나둘씩 늘어갔고, 좋아하는 것은 잘하는 것으로 바뀌었다. 이제 취미는 나의 고유 콘텐츠이자 평생의 업이 되었다.

2020년 코로나19가 세계를 강타한 이후 우리는 집에서 머무는 시간이 많아졌다. 코로나19 전보다 혼자 있는 시간의 비중도 늘었다. 꼭 어디에 가서 전문가를 찾아 배우지 않아도 된다. 스마트폰 하나로 온 세상을 탐방할 수 있는 시대이지 않은가. 나는 그림이었지만, 춤, 운동, 악기 연주, 요리 등 무엇이든 좋다. 일단 시도해보면 어떨까.

자신에게 주어진 물감과 붓으로 내 인생의 그림을 그려보자.

무엇이든 지금의 조건에서 가장 먼저 할 수 있는 작은 행동을 해보자. 내 방 한구석에서 쏘아 올린 작은 취미가 내 인생을 바꾸는 시작이 되었듯 당신의 작은 시작 역시 역작의 첫 터치가 될 수 있다.

두근두근
하비라클

만약 흰색 캔버스가 당신에게 주어졌다면 어떤 그림을 그리고 싶은 가? 물감과 붓으로 그림을 그리는 것이 우리네 인생이라면, 평생 흰색 캔버스로 비워놓거나 미완성된 스케치로만 두는 것은 아까운 일일 것 이다.

쓸까 말까 고민되면
일단 써보는 거야,
브런치

'브런치'는 다음카카오에서 운영하는 글쓰기 플랫폼이다. 글의 주제가 좋거나 사람들한테 공감을 얻는 글이면 출간 기회로 이어질 수 있다. 첫 직장을 그만두고 얼마 후 나는 브런치 작가에 도전했다. 그땐 출간 기회가 있다는 것은 몰랐고, 그저 온라인 플랫폼 작가가 되고 싶은 마음으로 한 도전이었다.

브런치 작가로 합격할 수 있는 구체적인 조건이나 기준을 모르는 상황에서 그저 열심히 써온 글을 제출했고 결과는 불합격이었다. 지금은 왜 불합격을 받았는지 알지만, 그때는 영문

도 모른 채 브런치 작가 조건이 생각보다 까다롭다고만 여겼
다. 불합격한 이유를 정확히 몰랐던 나는 글의 주제만 바꿔 다
시 신청했고, 기준에 부합하지 않은 글을 제출한 결과는 역시
나 불합격이었다.

내 글을 공유한다는 것

두 번의 불합격을 받고서야 정신이 번쩍 났다. 그제야 합격
기준을 제대로 알아봐야겠다는 생각이 들었고, 어떻게 하면 브
런치 작가가 될 수 있는지 포털 사이트에 검색해 방법을 찾았
다. 그 결과, 일관성 있는 주제로 글을 작성하는 것과 나의 이
야기를 솔직하게 담는 것이 중요하다는 것을 알게 되었다.

진정한 나로 살지 못해 방황했던 이야기를 적어나갔다. 내
이야기를 솔직하게 한다는 것이 민망하기도 했으나 최대한 진
솔하게 썼다. 그렇게 나는 세 번째 도전 만에 제대로 방향을 잡
은 글을 제출할 수 있었다. 마음을 졸이며 기다린 결과는 다행
히도 합격이었다.

우여곡절 끝에 브런치에 입성해 글 쓰는 재미를 만끽하던 중 또 다른 도전을 하게 되었다. 여러 사람과 함께 '나만의 성장 비결'을 주제로 글을 함께 쓰게 된 것이다. '과연 누군가와 나눌 수 있는 성장의 비결이란 게 나한테 있을까?'라는 걱정이 들었지만, 일단 해보고 싶었다. 구체적으로 어떤 글을 써야 하나 고민하기 전에 신청부터 했다. 나름대로 패기 있게 한 도전이었다.

하지만 호기롭게 시작했던 나는 금세 기가 죽고 말았다. 함께하는 작가들의 이력이 모두 대단했기 때문이다. '나는 1년 6개월간 학원 강사로 일한 경력이 전부인데……. 이런 작가들 사이에 내가 껴도 될까?' 하고 걱정이 되면서, 어쩐지 소소한 비결로는 안 되고 엄청난 비결은 되어야 명함을 내밀 수 있을 것 같다는 부담감이 들었다.

그러나 차마 그만두겠다는 말은 할 수 없었다. 글을 제대로 써본 적도 없고, 정확히 어떤 글을 써야 하는지도 몰랐지만, 어찌 됐든 내가 한 선택에 책임을 지기로 했다. 시작도 전에 그만둔다고 말해서 사기를 떨어뜨리는 것보다는 어떻게든 따라가서 부족한 글로라도 함께하는 게 나을 것 같았다.

프로젝트는 꽤 전문적으로 진행되었다. 주제에 걸맞게 전하고 싶은 글감을 모으고, 실제로 글로 작성할 것만 추렸다. 각각 일주일에 하루씩 맡아 초고를 작성했고, 피드백을 받은 후 최종 결과물을 올리는 방식이었다.

첫 번째 글의 초고를 썼을 때가 떠오른다. 나는 전문적인 프로젝트 진행 방식에 더욱 자신감이 떨어진 상태였다. 내 글에는 성장의 비결을 전하기에 스스로가 부족한 것 같다는 생각이 묻어났다. 그러자 내 글을 읽은 한 작가가 "자신과 자신의 글의 가치를 스스로 깎아내리면 안 됩니다."라는 피드백을 주었다. 머리를 한 대 맞은 것처럼 멍해졌다.

아무리 소소한 글이라도 가치가 없는 글은 없다는 것, 내가 내 글의 가치를 앞장서서 깎아내리는 것은 참으로 현명하지 못한 일이라는 것을 알게 되었다. 이 일을 계기로 내가 매사에 얼마나 자신감이 없었는지, 스스로 한계 짓는 행동을 얼마나 쉽게 해왔는지 다시 생각해볼 수 있었다. 이미 쓴 초고를 완전히 버리고 첫 줄부터 마지막 줄까지 새로 써 내려갔다. 다시 쓴 초고는 그전보다 훨씬 좋아졌다며 긍정적인 피드백을 받았다. 나

는 자신감을 되찾았고, 훨씬 편안한 마음으로 프로젝트를 이어
나갈 수 있었다.

안 가본 길이 두려운 것은 당연하다

'내가 어떻게 글을 써', '나같이 평범한 사람이 어떻게 작가
를 해'라는 생각에 머물렀다면 브런치 작가가 되지도, 공동 집
필 프로젝트에 참여하지도 못했을 것이다. 비록 시행착오를 겪
었지만, 일단 시작했기에 방법을 찾고 문제를 해결해나갈 수
있었다. 프로젝트를 끝까지 완주하는 것은 힘들었지만, 중도에
포기했다면 체계적인 시스템 안에서 갖춰진 글을 써보는 경험
을 못 했을 것이다.

나는 나에게도, 다른 사람에게도 '일단 해보자!'라는 말을 많
이 한다. 안 가본 길에 대한 두려움은 누구에게나 있지만, 그
길을 걷기 시작하면 그 두려움은 절반이 된다는 걸 알기 때문
이다. 반이 된 두려움은 절반의 반이 되고, 어느 순간 두려워하
던 내 모습을 까맣게 잊어버리는 순간도 온다. 일단 행동하기

시작하면 그리 두렵지 않다.

뭐부터 어떻게 해야 할지 몰라 주저주저할 때마다 "그냥 해!"를 외친다. 아무것도 하지 않아서 아무 일도 일어나지 않았던 때로 돌아가고 싶냐고 묻는다면 답은 당연히 "NO!"다. 어떤 일의 시작을 앞두고 불안감이 들 때마다 나는 외친다. "그냥 해!", "일단 시작해!"라고 말이다.

그 일을 하지 않을 핑계보다 그 일에 가까워질 수 있는 방법을 찾아보자. 시작에 앞서 불평보다는 기대감과 설렘을 가져보자. 슬럼프는 무언가를 하는 사람에게만 찾아오는 것이고, 기회는 행동하는 사람만이 쟁취할 수 있는 것이다. 나는 이제 완벽한 준비보다 담대한 시작의 힘을 믿는다. 거창하게 힘을 주는 시작보다 취미처럼 작고 소소한 시작을 거듭한다.

물론 시작의 결과가 꼭 원하는 대로 이뤄진다는 보장은 없다. 브런치 작가가 되어 시작했던 프로젝트의 공동 출간이 결국 무산되었듯 말이다. 노력했으나 성과로 이어지지 않은 결과는 마음이 쓰리다. 하지만 '성과로 이어지지 않은 도전은 실패'라고 단언할 수 있을까? 시간이 지날수록 알게 된다. 도전하는 그 과정이야말로 값진 경험이라는 것을 말이다.

　그대로 멈춘다면 실패로 남는 이력이 되겠지만, 그 경험에서 다시금 나아간다면 '일시적 실패'이자 '잠재적 성공'이 될 수 있다. 비록 공동 출간은 무산되었지만, 일주일에 한 편씩 완성도 높은 글을 써본 경험으로 인해 글쓰기의 묘미와 성취감을 알게 되었다. 프로젝트는 비록 끝을 맺지 못했지만, 그때의 도전은 내 글을 쓰는 초석이 되었다.

두근두근
하비라클

　나는 과거의 일시적 실패를 딛고, 오늘도 잠재적 성공에 가까워지고 있다. 어떻게 뭐부터 해야 할까, 라는 생각이 든다면 일단 외쳐보자. "그냥 해!"

오로지 일만
하지 않습니다,
원데이클래스

첫 직장을 퇴사하고 1년이 지났다. 다시 직장으로 돌아갈 준비를 하며 다짐했다. 첫 직장생활을 할 때처럼 일에만 매달리지 않기로 말이다. 일에 능숙해지는 시간은 필요하다. 하지만 일에 집중하는 것과 일만 하는 것은 전혀 다르다.

좋아하는 일이 '내 일'이 될 때까지

3년 안에 내가 진짜 원하는 일을 제대로 하겠다는 목표를 세웠다. 그리고 다른 관점으로 직장을 찾았다. 내 노동력과 시간을 월급과 바꾸는 곳이 아니라 내 꿈으로 가는 여정의 도움닫기를 하는 곳이라고 관점을 바꾼 것이다. 그러자 월급은 내가 배움과 취미생활을 할 수 있도록 하는 종잣돈이 되었고, 직장은 내가 자기계발을 할 수 있도록 하는 고마운 곳이 되었다.

1년을 쉬다가 다시 일을 시작하니 직장생활 적응이 쉽지 않았다. 일만 집중하기에도 바쁜데, 목표로 세운 내 일도 병행해야 하니 여간 힘든 일이 아니었다. 취직하고 첫 3개월은 적응하느라 바빠 꿈에 대해 생각할 겨를도 없었다.

일을 시작한 지 4개월쯤에 접어들 무렵, 이대로는 안 되겠다는 생각이 들었다. 다시 직장으로 돌아온 이유는 3년 안에 내 일을 하고 싶어서였다. 나는 반드시 그 목표를 이루고 싶었다. 스스로 한 약속도 제대로 지키지 못하는 사람이 과연 3년 안에 내 시스템을 구축하고 잘 운영할 수 있을까. 회사 일이 힘들고 몸이 피곤하다는 이유로 내 일을 방치할 수는 없었다. 벌써 3년 중 4개월이 지났다.

24시간은 1,440분이고, 86,400초다. 매일 누구에게나 주어지는 이 시간을 내 앞날에 투자하지 못한다면 평생 원하지 않는 일을 해야 한다. 5일을 일하기 위해 2일을 쉬는 패턴을 무수히 반복해야 한다. 먹고살기 위해, 현실적인 문제 때문에 평생 일을 멈출 수 없는 앞날을 떠올리자 정신이 번쩍 났다.

24시간에서 내 일에 투자할 시간을 찾았다. 오전에는 수업 준비를 해야 했고, 오후부터 밤늦게까지는 수업을 해야 했다. 결국 잠을 줄여서라도 새벽에 일찍 일어나기로 했다. 새벽 시간만큼은 회사 일이 아닌 미래의 내 일을 위해 투자하기로 했다.

새벽 시간 그리고 주말

새벽 5시부터 오전 8시까지 하루에 약 3시간만큼은 온전히 나를 위해 투자했다. 새벽 5시를 알리는 알람이 울리면 1시간에서 1시간 30분까지는 책을 읽었다. 그 후 블로그에 글을 썼고, 몸과 마음을 이완시키는 명상과 가벼운 스트레칭을 했다.

매일 밤 녹초가 된 상태로 밤 10시쯤 퇴근했기에 처음 새벽 기상을 실천했을 때에는 몸이 전혀 따라주지 않았다. 알람을 들어도 눈이 제대로 떠지지 않았고, 몸은 천근만근 무겁기만 했다. 하지만 24시간 중 오롯이 나만을 위해 쓸 수 있는 시간은 새벽 시간뿐이었다. 나는 새벽 시간 확보에 사활을 걸고 꿋꿋이 새벽 기상을 시도했다. 그러다 보니 점차 하루의 리듬이 새벽에 맞춰졌다. 무겁기만 하던 몸도 적응이 되자 오히려 활력이 돌았다. 새벽 시간을 내 시간으로 활용하니 매일 똑같던 하루가 다르게 다가왔다.

새벽에 일어나면 수면시간이 부족해 더 피곤해질 것 같은데, 아이러니하게도 새벽 기상은 직장생활에 큰 도움이 되었다. 아무런 방해도 없는 고요한 새벽 시간이기에 바쁘고 정신없는 하루를 보내느라 덮어두었던 감정을 가만히 멈추고 들여다볼 수 있었다.

상사가 나한테만 유독 지적을 하고, 동료 선생님과 비교를 한다고 여겨 속상한 마음을 고요한 새벽에 다시 돌아보았다. 그러자 상사가 나름대로 나를 이해하기 위해 했던 노력이 떠올랐고, 상대방의 관점에서 다시 한번 생각해볼 수 있었다. 어지러웠던 마음이 한결 가벼워졌다. 수업시간에 말을 듣지 않거나 집중을 방해하는 아이들을 원망했던 마음 또한 들여다보았다. 그러자 어떻게 하면 효과적으로 집중시킬 수 있을지를 고민하는 방향으로 바뀌었다. 감정이 그날의 기분이나 태도가 되는 일이 줄면서 내 일상은 점차 긍정적으로 바뀌었다.

매일 새벽 시간을 활용해 내 마음을 돌보았고, 묵은 감정을 털어냈다. 그러자 스트레스가 줄고, 마음의 여유가 생기면서 직장에서도 업무로 인정이나 칭찬을 받는 일이 많아졌다. 다른 사람의 말과 행동을 과장하거나 왜곡시켜 받아들이지 않게 됐고, 혼자 상처받는 일도, 부정적인 생각에 깊게 빠져드는 일도 줄었다. 모르는 게 있으면 걱정하는 대신 주변 선생님들에게 물어볼 수 있는 용기도 생기면서 상사나 동료 선생님들과의 소통도 원활해졌다.

직장생활이 안정을 찾고, 새벽 기상을 하는 평일이 익숙해지자 주말 중 하루를 취미 하는 날로 만들었다. 기존 취미인 캘리그라피, 디지털 드로잉 외에 오일 파스텔 드로잉을 온라인으로 배웠다. 온종일 유튜브나 SNS를 보며 누워 있는 수동적인 휴식 대신, 좋아하는 것을 배우고 몰입하는 능동적인 휴식을 하며 휴일을 보냈다. 부족한 잠을 보충하고 평일에 쌓인 피로를 푸는 주말도 좋지만, 오롯이 나를 위한 취미를 하며 보낸 주말은 일주일 치 활력을 채우는 보약과 같았다.

평일 새벽 기상과 취미 하는 주말까지 익숙해지자 그다음 단계로 나아갔다. 한 달에 한 번 원데이클래스를 다니기 시작한 것이다. 첫 원데이클래스는 석고 방향제를 만드는 수업이었다. 석고로 방향제 틀을 만들고 크리스마스 분위기가 나는 장식을 직접 해보는 과정이었는데, 그 시간만큼은 일 생각이나 복잡한 고민을 내려놓을 수 있어 좋았다. 손수 작업해서 예쁘게 완성한 결과물 또한 뿌듯했다.

나처럼 평일 새벽 기상이 가능한 직장인이라면 고요한 새벽 시간을 나를 위한 시간으로 만들어보자. 쳇바퀴 돌 듯 무기력하게 열었던 하루를 활기차게 열 수 있다. 주말만 시간을 낼 수 있는 상황이라면 주말 중 하루는 오롯이 쉬고, 남은 하루는 취미를 하며 능동적인 휴식을 해보자. 출근 생각으로 괴로운 월요병이 덜하고, 한 주의 활력소가 될 것이다. 평일이나 주말에

규칙적으로 시간을 낼 수 없는 상황이라면 한 달에 한 번이라도 취미 하며 하루를 보내보자.

두근두근 하비라클

나를 돌보는 시간 없이 일에만 매달리면, 지치는 순간이 오고, 결국 멈추게 된다. 원하는 미래로 나아가기 위해서는 지금의 현실과 바라는 이상의 중간단계가 있어야 하는데, 그 연결점의 역할을 할 수 있는 것이 바로 취미다. 취미는 일만 했을 때보다 더 유연하고 즐겁게 성장할 수 있게 한다.

애쓰는
완벽주의 대신
행복한 취미주의

　나는 철저한 계획을 세운 후 행동하고 뭐든 실수 없이 잘해야 한다는 강박감이 심했다. 글씨가 틀리면 종이를 그 자리에서 바로 찢어버렸고, 또 종이가 깔끔하게 찢기지 않으면 아예 공책을 바꿀 정도였다. 그러다 보니 매번 시작이 어려웠다. 모든 시작에서 남들보다 몇 배의 시간과 노력이 필요했고, 조금이라도 변수가 생기면 극도로 예민해지곤 했다.

완벽주의자가 캘리그라피를 만나다

모든 상황을 내가 계획한 대로 통제하고 실행해야 직성이 풀리는 나는 완벽주의자였다. 하지만 취미로 캘리그라피를 시작하게 되면서 이런 내가 조금씩 바뀌었다. 완벽해야 한다는 강박감과 잘해야 한다는 부담을 내려놓을 수 있게 된 것이다.

완벽한 작품을 완성하는 것보다 원하는 글씨를 써 내려가는 데 집중했다. 처음으로 결과가 아닌 과정에 초점을 맞춘 것이다. 마땅한 결과가 남는 일, 생산적인 일 등 모든 측면에서 효율과 가성비를 따졌던 강박감을 내려놓고, 전문가처럼 잘하려고 애쓰지 않는 동안 온전한 즐거움을 누릴 수 있었다. 하고 싶은 일을 즐기면서 할 때 자연스럽게 이루어지는 몰입이 어떤 느낌인지 알 수 있었다.

하지만 캘리그라피를 시작한 지 3년 정도 지나자 잠잠했던 완벽주의 성향에 다시 발동이 걸렸다. 공모전에 참여한 것이 원인이었다. 열심히 작품을 완성해 다양한 대회에 출품했지만, 번번이 탈락의 고배를 마시게 되면서 나는 결과에 집착하기 시작했다. 지금까지 해온 작품들이 하찮게 보였다. 전문가들이 인정해주지 않는 작품이 무슨 의미가 있나 싶었다. 갑자기 캘리그라피를 해왔던 모든 시간과 노력이 부질없게 느껴졌다.

오로지 상을 타야 한다는 목표로 내달리는 동안에는, 한 글자만 써도 즐거웠던 나는 이미 없었다. 의무와 책임으로 임하는 숙제 같은 삶에 지쳐 시작한 취미가 캘리그라피였는데, 어느새 공모전 결과에 목매는 과제 같은 일이 되어버렸다. 나는 처음으로 취미를 그만두었다. 글씨를 쓰는 게 두려워져 거의 몇 달 동안 캘리그라피를 하지 않았다.

그러던 어느 날, 친구가 기운이 없어 보인다며 무슨 일 있냐고 묻기에 자초지종을 털어놓았다. 한참을 이야기를 듣던 친구가 갑자기 나에게 물었다.

"네가 캘리그라피를 시작한 게 공모전에서 수상하기 위해서야?"

"아니."라는 대답이 바로 나오지 않았다. 친구의 질문은 한참 동안 내 머릿속을 맴돌았다.

'그래 맞아, 나는 공모전에서 상을 타기 위해 캘리그라피를 시작한 게 아니었어. 그저 무엇이든 시작할 용기를 얻기 위해

서였어. 그것만으로도 감사하고 충분했어.'

캘리그라피를 만나고 나는 무엇이든 시작하고 도전하는 사람이 되었다. 늘 열등감이 있고, 자신감이 부족했는데 캘리그라피를 하는 동안에는 '나는 꽤 괜찮은 사람이야'라고 확인할 수 있었다. 나답게 행복했던 시간이었다.

친구의 질문은 나의 초심을 떠올리게 했고, 애쓰는 완벽주의자가 되려는 나를 돌아보게 했다. 행복한 취미주의자인 나로 돌아와 몇 달 만에 다시 글씨를 써 내려가면서 캘리그라피로 그동안 얼마나 자기긍정감이 충만히 채워지고 있었는지를 새삼 깨달았다.

캘리그라피로 행복한 취미주의자가 되다

다시 내가 중심이 되어 캘리그라피를 하자 나만의 노하우가 점차 확장되었다. 붓펜에서 붓으로, 붓에서 아이패드로 장비를 발전해나가며, 내 표현 수단으로 활용했다. 잠시 멈춰 있던 몇 달은 오히려 전환점이 되어 캘리그라피를 다양한 방법으로 활용할 수 있게 되었다. 캘리그라피는 지금까지 소중한 취미로 나와 함께해왔다.

완벽주의는 어떤 일을 빨리 달성할 수 있는 추진력이 되기도 하지만, 과하면 독이 된다. 완벽한 준비에 심혈을 기울이느라 시작조차 못 하거나 처음부터 완벽하게 하려고 애쓰느라 초반에 지쳐 중도에 포기한다. 계획대로 되지 않는 것이 인생인데, 변수가 생길 때마다 이를 성장의 기회로 보지 못한다. 결국 유종의 미를 거두지 못하고, 시작 자체가 두려운 사람이 된다. 시작도 끝도 어려운 악순환이 반복되는 것이다.

완벽함과 책임감이 요구되는 일은 이미 차고 넘친다. 우리는 이미 충분히 열심히 살고 있다. 많은 일을 완벽하게 해내기 위해 애쓰고 있다. 하지만 계속 이렇게 열심히만 산다면 모든 상황을 버텨내야 할 내가 결국 무너진다. 번아웃이 와서 원치 않는 순간에 멈추게 될 수도 있다.

그래서 취미가 필요하다. 취미를 할 때만큼이라도 스스로에게 여유와 틈을 주어야 한다. 애쓰는 완벽주의로 가득한 삶 대신 행복한 취미주의자로 지내는 일상이 있어야 한다. 있는 그대로의 내가 될 수 있는 시간이 꼭 필요하다.

'노력'으로도 모자라 열심히 '노오오오오력'하는 과정에서 오는 부침과 지침을 토닥토닥 어루만져줄 힐링이 필요하다. 캘리그라피는 힘든 일을 마주할 때마다 찾는 나의 안식처였다. 부당한 해고를 당하고 눈물을 쏟던 어느 날, 아버지와 갈등이 커서 힘들었던 시간, 인간관계가 힘들어 고심하던 순간, 갑자기 연인과 헤어져 괴로움에 지샜던 밤 등 캘리그라피는 힘든 나를 지탱해주었다.

길을 잃었다고 생각한 순간에 나는 취미를 통해 내 인생의 큰 그림을 그릴 수 있었다. 늘 초조하게 애쓰던 완벽주의자에서 작은 성취감에 행복해하는 취미주의자가 될 수 있었다.

내일 지구가 멸망한다면 오늘 하루를 어떻게 보낼 것인가? 아마도 나는 노력하고 애쓰는 하루 대신 소중한 것을 선택하고 집중하는 하루를 보낼 것이다. 가족이나 친구와 같은 소중한 사람들과 함께 시간을 보내거나 나답게 행복한 일로 가득 채운 하루를 보낼 것이다.

두근두근 하비라클

내일 당장 지구가 멸망하진 않겠지만, 우리에게 내일이 당연하지 않기에 한 번쯤 생각해볼 일이다. 어떤 하루로 채워진 인생을 살 것인지, 어떤 인생을 살아내는 내가 될 것인지를……

나는
'FUN한 취미러'가
되기로 했다

블로그 글쓰기를 한 지 3년이 됐을 무렵이었다. 그저 글 쓰는 게 좋아서 블로그를 하던 나는 온데간데없었다. 조회 수와 댓글 수를 늘리고 싶다는 욕심이 커져 있었고, 방문자 수를 더 높이기 위해 1일 1포스팅에 집착하고 있었다. 나의 친구였던 블로그는 어느 순간 나를 닦달하는 상사가 되어 있었다. 이렇게 블로그를 계속 운영하다간 탈이 날 것 같았다.

어려운 시기에 내게 큰 힘이 되어준 블로그를 이대로 놓을 순 없었다. 남들에게 좋게 보이거나 그럴듯한 결과를 얻겠다는 이유로 나의 이 소중한 취미를 잃을 순 없었다.

처음 그때처럼 솔직해졌을 때

강박적으로 지켜오던 1일 1포스팅을 그만두었다. 대신 일주
일에 최소 한 번, 스스로 원할 때만 글을 쓴다는 원칙을 세웠
다. 다른 사람에게 그럴싸한 블로그로 보이기 위해 억지로 쓰
는 게 아니라, 내 마음이 내켰을 때 쓰기로 했다. 억지로 쓸 때
는 한 문장 완성하는 데도 오래 머리를 싸매야 했는데, 마음이
내켜 쓸 때는 막힘없이 술술 써졌다.

초심으로 돌아가 좋아하는 관심사에 시선을 돌리자 또 언제
그랬냐는 듯이 다시 글 쓰는 것이 재밌어졌다. 있는 그대로의 내
생각과 메시지를 꾸밈없이 자유롭게 써 내려갔다. 힘을 빼고 한
달음에 몰입해서 써 내려간 글일수록 사람들의 반응도 좋았다.

내가 쓰고자 하는 주제에 관련된 키워드만 활용해도 충분히
블로그를 잘 키울 수 있음을 알게 되었다. 소위 블로그에서 말
하는 '황금 키워드(방문자 수를 높여주는 핵심 키워드)'를 사용하

지 않아도 괜찮았다. 그런 계산과 전략을 세우지 않고, 내가 좋아하는 글을 내가 원하는 시점에 썼을 뿐인데도, 나는 상위 1% 블로그가 되어 있었다.

방문자수나 조회수에 계속 집착했다면 블로그를 완전히 놓아버렸을 것이다. 뻔하고 의무적인 일이 되어 나를 괴롭혔을 것이다. 하지만 내 콘텐츠에 관한 기록을 남긴다는 초심으로 돌아가자 오히려 많은 것이 달성되었다. 취미 콘텐츠 블로그로 브랜딩이 되었고, 꾸준히 누적된 글로 애드포스트 수익도 창출할 수 있었다.

블로그를 찾아오는 사람들에게서 "소담님 블로그는 따뜻하고 한결같아요. 무엇보다 스스로 즐기고 있는 게 느껴져서 좋아요."라는 말을 자주 들었다. 내가 흥미가 있고 즐겁게 블로그를 운영한다는 것을 블로그를 찾아와 글을 읽는 사람들도 느꼈나 보다. 사람 냄새 나는 블로그, 다시 오고 싶은 블로그라는 평을 받고 있어 참 다행이다.

캘리그라피, 독서, 글쓰기, 드로잉 등의 취미 정보를 알 수 있고, 그 취미를 사랑하는 사람의 긍정 에너지까지 받을 수 있어

1석 2조라는 말을 들으면 행복하다. 덕분에 나는 오늘도 블로그에 나를 담는다.

마음이 원하는 대로 흘러가도록

어릴 때부터 무엇이든 잘해야 한다고 배웠다. 그저 열심히 하는 것에만 익숙했다. 성실함이 미덕이었고, 하고 싶은 바를 드러내기가 쉽지 않았다. 과정에서 느끼는 재미 대신 결과에 급급할 수밖에 없었다.

취미에서도 결과를 내고 싶어 하는 모습이 여지없이 드러났다. 작은 시도로 시작된 취미도 어느 정도 시간이 지나면 뭔가를 이루고 결과를 보여야 하는 일이 되어 있었고, 소소하게 시작했던 일도 어느 순간 힘을 주며 다른 사람을 의식하는 의무적인 일이 되어 있었다.

하지만 즐기려고 노력하자 오히려 많은 것을 이루었다. 마치 물 위에 뜨기 위해 몸에 힘을 빼고 물의 흐름에 몸을 맡기는 것처럼, 하고 싶은 순간에 맞춰 힘을 빼고 임하는 '취미러'가 되자 결과가 자연스럽게 따라왔다.

블로그 글쓰기뿐 아니라 다른 취미도 마찬가지였다. 이 깨달음은 취미를 콘텐츠로 한 1인 기업을 창업하는 계기가 되었다. 간절하게 달성하고 싶은 일일수록 초반에는 힘을 주더라도 점차 힘을 빼는 연습을 했다. 흥미를 유발해 저절로 몰입하게 두었다. 복잡하고 어려운 일이나 꼭 해내야 하는 일일수록 'FUN한 취미러'의 자세로 임했다. 최소한의 원칙을 두되 자유롭게 행동했다. 자연스럽게 의욕이 생길 수 있는 환경과 분위기를 조성했다.

열심히 하지 말라는 것도 아니며, 노력하지 말자는 것도 아니다. 열심히 하되 자신이 원하는 방향인지를 점검하고, '재미'라는 파도를 타며 유지해보자는 것이다. 지금 당장 내가 재미를 느낀다면 다른 사람들의 시선을 의식하지 말고 자신만의 원칙을 두고 몰입해보자. 돈이나 결과가 되지 않는다고 망설이지 말고, 한 번쯤은 과감하게 그 길을 가보자. 꾸준히 지속할 수 있어야 원하는 결과에 가까워질 기회와 운도 따를 수 있으니 말이다.

모든 일을 'FUN한 취미러'의 관점으로 보고 행동하면서 나는 삶에 대한 인식과 태도가 바뀌었다. 삶은 힘들지만 버텨내야 하는 것, 열심히 성실히 임하는 것이라고만 생각했다면, 지금은 인생은 힘들어도 살아볼 만한 것, 알 수 없는 내일이 있어 재밌는 것이라고 생각한다.

하루하루 최선을 다해 내가 재미있어하는 것의 흐름을 따라가면, 그렇게 응축된 내 에너지가 많은 것을 해내고 가능케 할 것이라 믿는다.

인생은 단거리 달리기가 아니라 장거리 마라톤에 가깝다. 빨리 달리려고만 하면 끝까지 완주할 수 없고, 빨리 출발한다고 해서 꼭 1등이 될 수도 없다. 때로는 치열함과 패기로 빨리 달리는 시기가 있어도, 달리기의 기본은 긴 호흡으로 페이스를 맞추는 것이다.

오늘도 나는 FUN한 취미러의 자세로, 나의 페이스를 맞춰나가는 내 인생의 러너로 시작점에 섰다. 전환점을 돌았고, 결승점을 향해 달린다.

두근두근
하비라클

인생을 어떻게 살아야 할지 모르겠다면, 길을 잃었는데 무엇부터 시작
해야 할지 모르겠다면 일단 'FUN한 취미러'가 되어 가볍게 달려보자.
취미 하는 내가 되어 한 걸음씩 내딛다 보면, 아득히 멀어 보였던 결승
점도 그다지 머지않은 미래가 되어 있을 것이다.

"다꾸와 악기 연주로 직장 스트레스를 잊어요."

하비스트 B씨(20대, 사회초년생)

취준생 때는 직장만 다니면 행복할 줄 알았다. 그런데 막상 취업해 사회초년생이 되고 보니 그 생각이 얼마나 큰 착각이었는지를 깨달았다. 월급이라는 안정성이 삶에 더해진 만큼 그 이상의 책임이 따랐다.

여느 직장인처럼 금요일 저녁을 가장 기다리고, 월요일 아침을 가장 싫어한다. 거울을 보다 직장과 집만을 왔다 갔다 하는 무기력한 나와 눈이 마주쳤다. 생기를 불어넣어야 했다. 의무감으로만 삶을 채우느라 잠시 잊고 있던 취미를 시작해야 했다.

퇴근 이후 휴대폰만 들여다보던 것을 그만두고 다이어리를 꾸미며 하루를 기록했다. 귀여운 스티커를 붙이며 늘 똑같다고 생각되는 하루에서 기억할 만한 순간을 찾아 담아냈다.

그런 순간이 없을 때는 다이어리에 힘든 마음을 털어냈다. 상사의 잔소리를 들어 마음에 금이 간 날, 내게 스스로 써주는 따스한 일기는 도움이 많이 됐다. 감정 소비하느라 지쳤던 마음이 치유되었다. 내 편이 되어주는 습관 덕분에 다음날이 더는 두려워지지 않았고, 업무 역시 더 잘해낼 수 있었다.

주말에는 해금이나 피아노 연주를 시작했다. 좋아하는 악보를 앞에 두고 몇 시간이고 몰입해 연주하고 나면, 선율과 함께 책임의 무게를 조금은 흘려보낼 수 있었다. 시간이 흘러 악기 연주를 잘하게 된 것처럼 업무에도 곧 익숙해질 거라는 생각이 들었다.

취미를 하여 자신감이 붙었고, 그 덕분에 질문하는 것도 망설였던 나는 모르는 것은 당당하게 물어보며 성장하려 노력하는 내가 될 수 있었다.

사회초년생 시절의 어려움을 취미와 함께 이겨내면서 점점 업무에 익숙해지고 있다. 이제 더는 무기력하기만 한 직장인이 아니다. '나'를 보듬어주면서 한 걸음씩 앞으로 나아가고 있는 자신감 넘치고 당당한 직장인이다.

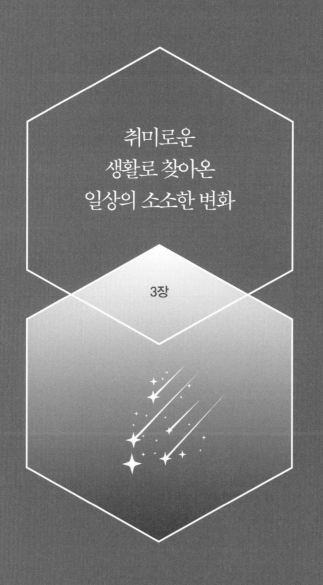

취미로운
생활로 찾아온
일상의 소소한 변화

3장

인생의
주파수를
나에게로 맞추다

　라디오를 들으려면 주파수를 잘 맞춰야 한다. 잘못된 주파수에 맞추면 원하는 방송을 들을 수 없다. 지지직거리는 소리만 들릴 뿐이다. 주파수를 정확히 맞춰야 매끄럽게 흘러나오는 라디오의 음향처럼 우리의 삶도 저마다 각자에게 맞는 주파수가 있지 않을까? 사람의 인생으로 치면 그 주파수는 '결'이 아닐까 싶다.

　얼마나 자신의 주파수대로 살고 있을까? 아니, 자신의 주파수가 어떤 모습을 하고 있는지 알고나 있을까?

나에게 맞는 주파수를 잃어버렸는지도 몰라

세상은 너무나 빠르고 복잡하다. 이러한 세상의 속도와 변화의 흐름을 따르느라 각자의 고유한 주파수를 잃기 쉽다. 물론 세상과 연결된 현실은 중요하다. 하지만 그 주파수만 따른다면 인생의 축인 자신의 고유한 '개성'이자 '결'을 잃게 된다. 때로는 인생의 주파수를 나로 맞추고, 내 마음속 목소리에 집중해 온전한 나로 돌아가야 한다.

나는 외부의 소음에 흔들릴 때마다 취미를 한다. 외부 상황과 다른 사람에게 맞춰진 주파수로 마찰이 일어날 때면, 조용히 취미에 몰입한다. 타인과 내가 비교되어 조급해질 때, 내가 한없이 초라하게 느껴질 때면 먹을 천천히 갈아서 캘리그라피를 한다.

벼루에 물을 붓고 천천히 먹을 간다. 먹물을 부으면 더 빨리 진행할 수 있지만, 일부러라도 먹을 직접 갈며 고요한 시간을 가진다. 조급하게 갈면 먹이 제대로 갈리지 않는다. 찬찬히 정성을 다해 갈아야 한다. 갈린 먹물을 붓에 묻힌다. 먹물이 스며든 붓으로 화선지에 나 자신에게 해주고 싶었던 말이나 응원 문구를 써 내려간다.

　복잡한 생각이 비워진다. 지금 이 순간에 집중하면 주파수가 외부에서 내면으로 맞춰진다. 각자의 길이 있고, 각자의 결이 있음을 조용히 인지한다. 원하는 결과가 나오지 않더라도 도전 그 자체를 의미 있게 여긴다. 결과에 치우치지 않고, 과정에서 느낀 경험과 깨달음도 소중히 여긴다. 잘해낸 것에 집중하기 보다 그 전보다 성장한 나를 들여다본다. 내가 나에게 다정다 감해질수록, 주변 사람들과 세상을 대하는 품이 커지고 마음의 여유가 생긴다.

나를 사랑하는 습관

　오롯이 내게 주파수를 맞추는 일 중 하나가 '반려식물에 물 주기'다. 방 한편에서 쑥쑥 커가는 오이와 토마토에 물을 주고 가만히 바라본다. 싹을 틔우고 알찬 열매를 맺는 식물을 곁에 둔다는 건, 그 자체만으로도 생기가 돈다.

물을 주고 돌아서면 기분이 한결 산뜻해진다. 속도대로 알맞게 성장하고, 조금씩 여물어가는 것만으로도 충분하다고 말해주는 듯하다. 내 마음 같지 않은 일들로 속상할 때마다 푸른 잎을 살랑이며 맞아준다. 그렇게 한참을 들여다보고 있으면 부산하던 마음이 진정되어 툭툭 털고 일어날 수 있다.

식물에 물을 주는 일은 나를 위한 매일의 작은 루틴이다. 나를 들여다보고 내가 나로서 바로 설 수 있게 해준다. 후회하거나 자책하는 내가 되었을 때 그런 나를 잘 흘려보낼 수 있게 해준다.

취미를 만나기 전의 나는 다른 사람에게 주파수가 맞춰져 있었다. 또 좋아하는 일로는 그다지 돈을 벌 수 없다는 편견도 있었다. 취미를 만나고 나서 인생의 주파수를 내게 맞출 수 있었고 좋아하는 일로 돈을 벌 수 있었다. 다수가 걷지 않는 길을 간다는 것은 녹록지 않은 일이지만, 적어도 이것만은 확신한다. 나의 결에 맞는 삶, 나의 주파수에 맞춘 인생으로 가고 있음을 말이다. 무수한 시련이 있겠지만, 그 시련을 딛고 일어설 때 견고해질 내가 기대된다.

인생의 주파수를 나에게 맞춘다는 것은 내 방향과 속도를 다시 점검한다는 의미다. 정형화된 사회의 기준과 세상의 속도에 나를 맞추는 대신, 진정으로 나를 위해 어떻게 생각하고 행동해야 할지 고민해보고 나만의 기준을 정해보자. 그런 시간을 꾸준히 가져온 사람의 1년과 3년, 5년과 10년 후는 분명 다를 것이다. 느린 것처럼 보여도 실은 누구보다 명확하고 균형 있게 자신의 인생을 꾸려가고 있는 것이다.

두근두근
하비라클

부쩍 내가 나를 잃어간다고 느낀다면, 알 수 없는 결핍이나 무기력을 느끼고 있다면 자신의 주파수를 점검해보자. 라디오의 음향과 감도를 체크하듯 내 삶의 기준과 방식을 진단해보자. 혼자만의 시간이나 나만의 루틴을 가지고, 마음 챙김을 할 수 있는 취미를 가져보자.

감정이
소용돌이칠 때
필요한 것

2020년 3월, 1인 기업 '하비라클'을 창업했다. 초반에는 모집에 어려움을 겪었지만, 다행히 금세 입소문이 나면서 소규모라도 사람들이 함께하기 시작했다. 그리고 그 수가 늘어나면서 단시간에 모집이 마감될 만큼 순탄하게 항해했다. 어떤 일이든 자리를 잡고 결과를 내기란 쉽지 않은데, 예상보다 빨리 이룬 성과에 감사할 따름이었다.

하지만 성공이 이어지자, 욕심이 생겼다. 적은 인원에도 함께 소통할 기회가 있다는 자체로 기뻤던 나는 어느새 모든 프로젝트가 조기마감 되기를 바랐던 것이다. 하지만 오르막길이 있으면 내리막길이 있는 법. 2021년 2월, 홀로서기를 시작한 직후부터 점차 모집 인원수가 줄었다. 애초에 모집글을 읽는 사람조차 확연히 줄었다. 문의가 쉽게 신청까지 이어지지 않는 경우도 늘어갔다.

직장을 다니며 1인 기업을 병행하다가 선택과 집중을 위해 퇴사한 상황이었기에 더욱 불안하고 초조했다. 취미로 많은 사람에게 선한 영향력을 펼치고 싶었던 나의 소명은 고사하고, 생존 자체가 흔들리는 상황이었다.

고민될수록 더 거리두기

이대로는 안 되겠다는 생각이 들었다. 이 일은 잠깐 하고 말게 아니니 어려운 시기를 어떻게든 버텨내야 했다. 불현듯 일과 거리를 두자는 생각이 들어 제주도 비행기 표를 끊었다. 그렇게 난생처음 혼자 여행을 떠났다.

2박 3일의 제주도 여행 첫날, 제주공항에서 스마트폰을 변기에 빠뜨리는 해프닝이 있었지만(다행히 고장 나진 않았다), 여행 내내 일 생각은 떠오르지 않았다. 탁 트인 푸른 바다에 발 담그고 바다 바라보기, 식물원 둘러보기, 예쁜 카페 찾아가 사진 찍기, 맛집에서 혼밥, 레이싱 카트 타고 드라이브하기 등 새로운 경험을 많이 했다.

제주도를 한 번 다녀왔다고 해서 모든 상황이 바로 풀리진 않았지만, 혼자 훌쩍 떠났다 돌아온 여행은 내게 전환점이 됐다. 해외도 아니고 혼자 국내여행을 간 것이 누군가에게는 그리 대단치 않은 일이겠지만, 적어도 내게는 하나의 도전이었다. 제주도 여행으로 묘한 성취감을 느꼈고 나를 둘러싼 걱정과 불안이 해소됨을 느꼈다.

제주도 여행을 가기 전만 해도 내 마음 같지 않은 상황에 울컥했던 적이 많았다. 특히 큰 기복 없이 잘 운영되었던 독서 모임마저 모집이 힘들어지자 급격히 무너졌다. 졸린 눈을 비벼가며 새벽부터 바쁘게 코칭과 커리큘럼 일정을 소화했던 것이 불과 얼마 전이었는데, 이제 아침에 눈떠도 당장 할 일이 없다는 사실을 받아들이기가 힘들었다.

'내가 뭘 단단히 놓치고 있는 게 아닐까?'

'내 콘텐츠에 문제가 있는 건 아닐까?'

'내가 블로그 운영을 잘하지 못하는 걸까?'

자책하며 한껏 위축된 나를 더 괴롭혔다. 지금까지 최선을 다해 잘해왔고, 예상보다 더 큰 결과를 내기도 했으며, 사람들의 좋았던 반응은 모두 까맣게 잊은 채, 아직 일어나지 않은 상황까지 걱정하며 힘들어했다. 그런데 제주도 여행을 다녀온 이후로는 한 걸음 뒤로 물러나 내 상황을 바라보고, 조금씩 마주한 현실에 담담해질 수 있었다. 잘되는 시기가 있으면, 잘 안되는 시기도 있는 게 세상의 이치이니, 조금 더 마음의 여유를 가지기로 했다. 힘이 빠지는 시기일수록 나를 더 돌보고 챙겨야겠다는 결심도 했다. 조금씩 침체한 마음의 터널을 벗어나기 시작했다.

침체할수록 일부러 활동적인 취미를

생각을 전환했다. 직장을 다니며 1인 기업 일을 병행해 바빴을 때는 항상 시간이 간절하지 않았던가. 할 일이 없다고 우울해하기보다 바빠서 그동안 하지 못했던 일들을 하나씩 해보기로 했다. 수입이 불안정한 상황에서 배우는 비용이 부담스럽기도 했지만, 나를 위한 투자를 할 수 있어야 그다음도 있는 것이라고 생각했다. 다시금 무언가를 배우고 깨닫게 되는 경험을 하다 보면, 언제나 그랬듯 취미는 내게 다시 일어설 힘을 줄 것이라 믿었다.

본격적으로 운동을 시작했다. 건강을 위해 식단 관리도 했다. 건강한 몸에 건강한 정신이 깃든다는 말도 있지 않은가. 체력을 기르고 좋은 컨디션을 유지해야 정신적으로도 여유가 생길 것 같았다. 매일 시간을 늘려가며 코어 힘을 길러주는 플랭크와 근력을 길러주는 스쿼트를 꾸준히 했다.

불안감이 고개를 들 때면 아령을 꺼내 들어 올렸다. 스마트폰 대신 자연을 바라보며 1만 보를 걸었다. 숨이 차도록 달리기도 했다. 단순하지만 나를 단단하게 해주는 행동을 반복하며 잡념을 버리고 내 몸의 감각에 집중했다.

이전부터 배우고 싶던 휘낭시에 베이킹 원데이클래스를 신청했다. 집 근처 베이킹 스튜디오에서 강사님의 설명을 들으며 하나하나 완성해나갔다. 반죽을 만들고, 틀에 반죽을 채우고, 오븐에서 구워지는 걸 직접 해보니, 생각보다 쉽고 재밌어서 시간이 어떻게 가는지도 몰랐다. 분야가 다르긴 해도, 활발히 활약 중인 전문가가 주는 에너지 또한 큰 힘이 되었다.

나 자신과의 싸움이자 매일의 약속으로 꾸준히 운동하고, 다시금 열심히 배우고 몰입한 시간 덕분에, 더는 나락으로 떨어지지 않았다. 그렇게 나는 감정이 소용돌이칠 때 취미로 순간순간 집중하는 '취미 명상'을 했다. 그러자 부정적인 감정에 흔들리지 않고, 일희일비하지 않게 되었다.

지금도 힘들지 않은 건 아니지만, 적어도 나를 더 힘들게 하는 생각에 갇히진 않는다. 여전히 불안한 마음이 들지만, 이제 그 불안마저도 함께 가는 친구가 되었다.

**두근두근
하비라클**

> 앞으로도 예상치 못한 문제가 생길 것이며, 모든 것을 내려놓고 싶은 순간이 없으리라는 보장도 없다. 하지만 내일이 걱정되더라도 취미로 명상하며 오늘에 집중하며 살아갈 것이다.

취미로운 생활로
일상을
미니멀하게

불필요한 물건을 비우고 생활하는 공간을 정리하는 행위는 부산한 마음이나 불안정한 상황을 정돈해준다. 정신없이 사느라 바빴던 나날을 점검할 수 있는 계기가 되기도 한다.

그러나 물건과 공간이 정리되어도 일상이 정리되지 않으면 언제든 복잡하고 혼란스러운 상태로 돌아갈 수 있다. 해내야만 하는 일과로 하루가 가득 차서 지치게 되면 힘든 마음이 다시 나의 공간에 고스란히 반영될 것이니 말이다.

건강뿐 아니라 일상도 검진이 필요하다

나를 몰아세우며 직장생활을 힘들게 버틸 때는 쌓인 스트레스를 소비로 풀었다. 물건을 소유하는 데 집착했다. 공허한 마음을 즉흥적인 소비나 많은 물건으로 채우려 했나 보다. 집 안을 정리해주고 비움의 효과를 알리는 프로그램이 인기를 끈 것을 보면, 소비로 스트레스를 푸는 사람은 나뿐만은 아닌 것 같다.

문득 공간뿐 아니라 하루도 점검해보아야 한다는 생각이 들었다. 나는 24시간을 잘 보내고 있을까? '바쁘다 바빠'가 입버릇이 된 현대인은 쳇바퀴 굴러가듯 반복되는 하루를 보낸다. 어떻게 하루가 지났는지 모르게 잠자리에 든다.

자신을 돌아보는 시간은 일종의 '사치'라고 생각될 수도 있다. 당장 눈앞에 할 일을 처리하느라 앞으로 어떻게 살아야 하고, 왜 살아야 하는지 모른다. 언제 어떻게 끝날지도 모르는 질주를 멈출 수 없다. 해야 할 일은 끊임없이 이어지고, 부담감과 책임감 역시 계속 커진다. 사회, 직장, 가정 등 주변 사람들에게 맞춰 정신없이 살다 보면 어느 순간 느끼게 된다.

'열심히 살았는데, 왜 아무것도 한 게 없는 것 같지?'

쉴 틈 없이 열심히 살았는데, 그 안에 정작 중요한 내가 없다. 마음에 경고등이 울린다. 갑자기 허무하기도 하다. 그때서야 내 마음이 온갖 물건으로 가득 차서 정리되지 않은 집과 다를 바 없다는 걸 깨닫는다. 틈틈이 관리되지 않아 옷가지가 잔뜩 쌓여 있는 어수선한 드레스 룸처럼, 자신의 마음도 어디서부터 어떻게 손을 대야 할지 난감하고 막막하다.

사람은 몸이 아프면 병원에 간다. 암이나 병을 예방하기 위해 정기 검진도 받는다. 우리의 마음 역시 꾸준한 예방과 정기적인 검진이 필요하다. 바쁘고 여유가 없다는 이유로 자신의 마음을 챙기지 않고 제쳐둔다면, 마음은 버티고 버티다 어느 날 갑자기 무너져 내릴지도 모른다.

"24시간 중 나를 위한 시간이 있나요?"

번아웃 증후군$^{Burnout syndrome}$은 한 가지 일에 지나치게 몰두하던 사람이 극도의 신체적·정신적 피로로 무기력증·자기혐오 등에 빠지는 증후군이다. 번아웃이 오면 아무것도 하고 싶지 않고, 아무것도 할 수 없다. 작고 사소한 일에도 큰 힘을 들여야 할 만큼 벅차다. '나'를 위해서가 아니라 '남'을 위해 사는 사람은 번아웃이 올 확률이 더 높지 않을까.

몸이 아프면 약을 챙겨 먹거나 병원을 가면 되고, 컨디션이 좋지 않으면 잠을 자거나 푹 쉬면 된다. 하지만 마음이 파업해 버리면 그리 간단하지 않다. 마음의 회복은 지름길도 없고, 응급처방도 없다. 버티고 버티느라 곪고 닳은 만큼, 오랜 시간 돌보며 공을 들여야 한다.

번아웃을 피하려면 어떻게 해야 할까? 일주일 중 단 하루라도 나로 꽉 채운 하루를 보내자. 매일 단 10분이라도 온전한 내가 될 수 있는 시간을 확보하자. 끝없이 쏟아지는 정보와 자극에서 멀어져 온전히 나의 내면에 집중할 수 있는 시간을 가져보자.

딱히 무엇을 해야 할지 모르겠다면 짧은 글쓰기를 해보면 어떨까. 다른 사람에게 인정받거나 평가받는 글이 아니라 오롯이 내 안의 나와 연결한다는 마음으로 글을 쓰는 것이다. 종이에 적어도 좋고, 스마트폰, 태블릿, 노트북에 입력해도 좋다. 단 한

줄이어도 좋고, 짧은 단어여도 좋다. 목표를 정할 필요도 없고, 갖춰야 할 형식도 없다. 딱 한 마디라도 적어보겠다는 마음으로 시작해보면, 어느새 무언가를 말하고 있는 자신을 마주하게 된다.

글을 쓰는 시간은 나의 내면에 깊은 호수를 만들어가는 과정이 아닐까 싶다. 물이 얕으면 큰 바위를 떨어뜨렸을 때 심하게 요동친다. 반대로 물이 깊으면 어떤 크기의 바위를 떨어뜨려도 금방 고요해진다. 글을 쓰는 행위는 어떤 변수나 위기가 와도 쉽게 동요되지 않는 내가 되게 한다. 이렇듯 글을 쓴다는 건 나의 중심을 잡고, 나의 깊이를 만드는 일이다.

마음을 정리하고, 내가 나로 존재할 수 있는 시간을 일상 속에 재배치하면 아무리 바빠도 여유가 깃든 하루가 된다. 불필요한 바쁨이나 중요하지 않은 일들을 정리하고, 나를 중심으로 우선순위를 세워 꼭 필요한 일들로 하루를 채운다. 나를 잃지 않는 일상으로 하루를 리뉴얼하는 것이다.

그렇게 리뉴얼된 하루하루가 쌓이면 진정한 미니멀 라이프가

실현된다. 내가 중심이 된 일상이 바로 '일상의 미니멀리즘'이 아닐까. 일상이 미니멀해지면 그저 열심히 바쁘게 사는 것이 아니라, 나를 잃지 않는 효율적인 하루를 충실히 살 수 있다.

두근두근
하비라클

참고 버티는 하루를 보내던 '일상 맥시멀리스트'였던 나는 이제 즐기며 가벼운 하루를 보내는 '일상 미니멀리스트'가 되었다. 오늘도 내가 아닌 것은 비우고, 나로 존재할 수 있는 것은 채우며 나다운 하루를 보낸다.

취미 디톡스로
마음의 면역력을
높이다

　고등학생 때 신종플루와 독감을 연달아 앓은 후 몸의 면역력
이 크게 떨어졌던 적이 있다. 원래도 체력이 좋은 편은 아니었
으나 이 일을 겪은 이후로 나는 더 골골댔다. 하루의 막바지인
야간자율학습 시간만 되면 몰려오는 피곤을 이기지 못하고 꾸
벅꾸벅 졸곤 했다.

　그 이후로 면역력에 좋다는 건 다 챙겨 먹었지만, 질병으로
인해 일시적으로 면역력이 떨어졌다가 다시 회복되는 것과 시
도 때도 없이 몸이 무겁고 처지는 것은 엄연히 달랐다. 특별히

아픈 곳이 없는데도 무기력했고, 때때로 온몸의 에너지가 방전된 것 같았다. 전반적으로 기운이 없어 자꾸 누웠더니 위장 장애가 생기기도 했다.

스트레스가 만병의 근원이라더니

자주 눕는 이유를 단순히 기력이 부족하기 때문이라고 생각했다. 하지만 아무리 몸에 좋은 음식을 챙겨 먹고, 틈틈이 컨디션 관리를 해도 눕는 버릇은 쉬이 고쳐지지 않았다. 본질적인 문제가 있을 것 같다는 생각에 그동안의 내 생활을 돌아보았다. 유난히 스트레스를 많이 받았던 시기에 자주 눕는다는 것을 알게 되었다. 특히 감정적 소모가 크고 인간관계로 인한 갈등으로 힘들 때 눕는 정도가 가장 심했다.

첫 직장을 다닐 때 함께 일했던 상사는 거의 매일 퇴근 이후 늦은 저녁부터 새벽 4시까지 장문의 관리 감독 카톡을 보냈다. 새로 들어온 경력직 선생님이 신입이었던 나를 무시해 갈등이 일어나기도 했고, 퇴원하는 아이들 숫자가 많으면 밤 11시까지 추가 회의를 열어 혼을 내기도 했다. 하루라도 조용히 지나가는 날이 없었고 점점 내 마음은 병들어갔다.

두 번째 직장도 순탄하지 않았다. 업무를 시작한 지 2주 만에 상사에게 불려가 '대학도 별로고 기술도 없는 사람을 믿고 뽑았는데 아주 실망'이라는 말을 면전에서 들었다. 학습 콘텐츠 기획을 하러 들어갔는데, 정작 내게 맡긴 일은 학부모 상담이라 하루하루가 스트레스였다. 1년 경력의 막내 사원과 끊임없이 비교당했고, 사람들 앞에서 대놓고 투명 인간 취급을 받기도 했다.

이리저리 치이는 상황 속에서 나는 딱히 의지할 데가 없었다. 부모님이 걱정하실까 봐 가장 가까운 가족에게도 고충을 털어놓을 수 없었다. 묵은 감정을 해소할 창구가 없으니 폭신한 베개를 베고, 이불로 온몸을 덮는 것만이 내가 할 수 있는 최선이었다. 내 방은 한껏 웅크린 나를 감싸주는 유일한 안식처였고, 방 바깥은 전쟁터였다.

몸은 결국 크게 탈이 났다. 위가 쓰리고 아프다 못해 방에서 데굴데굴 구르는 지경이 되었다. 역류성 식도염이었다. 전반적인 건강 상태는 심각했고, 불편함이나 통증 때문에 일상생활마저 마비되었다. 그쯤 되자 더는 안 되겠다는 생각이 들었다.

눕고 싶은 마음이 들 때 걷기로 하다

학원 강사는 주로 오후에 출근하기 때문에 오전 시간이 빈다. 그래서 오전 일정을 과감하게 바꿨다. 밥을 먹고 나서 방으로 가던 동선을 바꿔 현관으로 향했고 다짜고짜 신발부터 신었다. 밖에 나가서 햇볕을 쬐며 단 몇 분이라도 걸어보자는 생각에서였다.

그전에는 오후부터 수업 일정이 빡빡하게 짜여 있으니 오전에는 최소한의 에너지만 사용하며 쉬어야 한다는 강박감이 있었다. 그렇다고 마음 편히 쉬지도 못했는데, 수업 준비를 해야 하는 스트레스도 상당했기 때문이다.

늘상 누워만 있다가 갑자기 걷는다는 게 쉽지는 않았다. 엄두도 안 나고 귀찮아서 방에 들어가 침대와 한 몸이 되고 싶었던 적도 많았다. 하지만 또 크게 아프기 싫어서 꾸역꾸역 몸을 이끌고 산책했다. 처음부터 많이 걸으려고 하기보다 조금씩 시간과 횟수를 늘려갔다. 걷기를 자연스러운 일상으로 받아들이는 것이 중요했기 때문이다. 처음부터 1만 보를 걷겠다고 목표를 세우면, 또 하나의 '지켜야 할 일'이 될 뿐이다. 죽기 살기로 1만 보를 걷는다 한들 작심삼일로 끝난다면 결국 원점이다.

초반에는 지루할 것 같아서 스마트폰을 들고 가 노래를 들으며 걸었다. 점차 걷기에 익숙해지면서 새소리나 바람에 흔들리는 나뭇잎 소리 등 자연이 내는 소리에 귀 기울일 수 있었다. 마음이 힘들 때면 나무에 손을 얹고 말을 걸어보기도 했고, 기분이 울적할 때면 고개를 들어 푸른 하늘을 올려다보기도 했다.

열심히 걷는 사람이 조금씩 눈에 들어왔다. 연세가 많은 사람도 몸이 다소 불편해 보이는 사람도 있었다. 다들 부지런히 걸었다. 그 모습을 보며 '나도 나를 위해 열심히 걷고 매 순간을 충실히 살아야겠다'라고 다짐했다. 오전의 산책은 지친 내 마음에 생기를 불어넣는 비타민이 되었다.

산책이 습관이 되자 눕는 횟수가 현저히 줄었다. 체하는 일도 위장통이나 두통으로 고생하는 일도 줄었다. 눕지 않기 위

해 시작한 걷기로 마음의 건강을 회복했을 뿐 아니라 체력증
진, 다이어트 효과까지 얻었다.

　바쁘고 고단한 현대인일수록 마음의 면역력을 높이는 취미
디톡스가 필요하다. 나는 매일 산책을 통해 내 몸이나 마음에
쌓인 독소를 비워내 마음의 면역력을 높였다. 복잡한 생각을
흘려보내고 뇌를 쉬게 하면 다음 날 정신이 더 홀가분했다. 일
상 디톡스가 될 만한 취미를 일과에 넣어보자.

두근두근
하비라클

일과에 취미를 넣을 때 한 가지 당부하고 싶은 바가 있다. 음주, 쇼핑 등
일시적이고 자극적인 전환보다는 지속적이고 근본적인 습관이 될 만한
취미여야 한다는 것이다.

한 달에
한 번,
취미 자존감 적립

자아존중감$^{self-esteem}$은 자신의 능력과 가치에 대한 전반적인 평가와 태도로 흔히 자존감이라고 부른다. 쉽게 말하면 자신을 존중하고 사랑하는 마음이다. 자존감이 높은지 낮은지를 판단하는 기준은 저마다 다르다. 종종 높은 자존감이 마치 세상을 살아가는 데 갖춰야 할 필수조건처럼 언급되는데, 자존감은 주어진 상황이나 여러 변수에 의해 언제든지 높아질 수도 있고 낮아질 수도 있다.

기분이 좋든 나쁘든, 처한 상황이 어떻든 나를 아끼고 사랑하는 마음이 있으면 '건강한 자존감'이라고 할 수 있지 않을까. '무언가를 잘해낸 나', '어떤 특정한 상태에 도달하는 데 성공한 나'만 사랑하는 것이 아니라 언제나 어떤 상황에서나 나를 사랑하는 것이다.

건강한 자존감을 평소에 꾸준히 쌓아가는 게 중요하다. 마치 자주 사용하는 포인트를 적립하듯 생활 속에서 틈틈이 자존감 쌓기를 챙겨야 한다.

"잘하려고 애쓰지 않아도 돼요"

내가 자존감을 적립해나가는 방식은 취미를 통해서다. 어느 날 문득 자존감이 떨어졌다는 생각이 들어서 한 달에 한 번 원데이클래스를 신청해 새로운 취미를 배워보기로 했다. 그러다 보면 나를 더 잘 알게 되기 때문이다. 또한 무언가에 몰입하는 동안은 복잡한 생각이나 고민을 비울 수 있어 좋다. 자주 환기해야 고여 있는 공기가 순환되듯, 새로운 에너지가 채워지면 기분전환이 된다.

원데이클래스는 하루로 끝나는 수업의 특성상 모든 과정이 원활히 진행되도록 준비되어 있다. 그래서 큰 변수도 없고, 시간에 쫓길 일도 없다. 오롯이 몰두하고 즐길 수 있다. 몰입하는 시간만큼은 손바닥만 한 세상에서 벗어날 수 있어서 좋다. 매일 들여다보는 스마트폰, 즉 디지털 세상에서 잠시 벗어나 오로지 사람과 소통하며 새로운 관심사를 접해보는 시간이 좋다.

나의 첫 원데이클래스는 크리스마스 분위기가 물씬 나는 석고방향제 만들기였다. 석고 반죽을 틀에 부어 굳히고, 여러 장식물로 공들여 꾸몄다. 실수할까 봐 머뭇거리고 잘하고 있나 싶어 주변을 곁눈질하는 내게 강사님이 말했다.

"잘하려고 애쓰지 않아도 돼요. 어떻게 꾸미든 그게 다 멋이 랍니다."

평소 수강생들에게 하던 말일 수도 있지만, 항상 잘하려고 애써왔던 나에게 그 말은 깊은 울림을 주었다. 그 말을 듣고부터는 견본 작품을 똑같이 따라 하려던 생각에서 벗어나 자유롭게 내가 하고 싶은 대로 장식해나갔다. 예시는 참고일 뿐이고 꼭 그 틀대로 하지 않아도 된다는 깨달음은 수업 이후의 내 삶에도 적용되었다. 강사의 말을 빌려 이렇게 표현해보고 싶다.

"규격화된 세상에 맞추지 않아도 돼요. 어떻게 살든 그게 다 멋진 삶의 모습이랍니다."

한 달에 한 번 무언가에 깊이 빠져보기

두 번째 원데이클래스로 배운 것은 마크라메 기법을 활용한 드림캐처 만들기였다. 초보자보다 높은 수준의 강의를 신청한 탓에 초반부에는 따라가는 게 만만치 않았다. 하지만 어느새 시간이 어떻게 가는지도 모를 만큼 마크라메에 매료되어 꼬박 반나절을 한 자세로 작업에 몰두했다. 하다가 막히면 강사님께 묻고, 실수할 때마다 다시 매듭을 풀고 원점에서부터 다시 시작해 나만의 마크라메 드림캐처를 완성했다.

때때로 나는 일이 원하는 대로 풀리지 않을 때마다 마크라메를 만들었던 때를 떠올린다. 눈이 빠질 것 같고, 어깨가 결리고, 허리가 아파도 끝까지 매달려서 완성하며 '최선을 다해 끝을 맺는 경험'을 맛보았기 때문이다.

세 번째 원데이클래스로 배운 것은 뜨개실로 클러치 만들기였다. 예전에 '세이브 더 칠드런'에 아프리카 기아 난민을 위한 모자 뜨기를 한 적이 있다. 그때 7번 실패하고 8번 만에 겨우 완성해서 보낸 기억 때문에 뜨개질에 소질이 없는 줄 알았다. 그런데 원데이클래스로 다시 만난 뜨개질은 손가락이 저릿한데도 놓을 수 없을 만큼 재미있었다. 게다가 석고방향제나 마크라메 드림캐처는 아무래도 장식품에 가까웠는데, 클러치는 평소에도 사용할 수 있는 소품이라 더욱 특별한 경험이었다.

원데이클래스를 들으면서 "나는 이런 데 소질 없어.", "이건 절대 못 해."라는 말을 하지 않게 됐다. 처음 해보는 것은 당연히 누구에게나 어렵다. 한 번 잘하지 못했다고 소질이 없다며 섣불리 포기하지 말자고 다짐했다. 못할 것 같다고 미리 재단하다가는 정말 못하게 될 수도 있기 때문이다.

한 달에 한 번씩 원데이클래스를 듣고자 했던 계획은 코로나19가 오는 바람에 잠시 중단됐지만, 대신 온라인 클래스로 그 흐름을 이어나가고 있다. 아무래도 오프라인 클래스는 정해진 시간에 맞춰야 하고, 일대일이나 소수정예로 이루어지다 보니 강의 비용이 싸진 않다. 이런 점이 걸린다면 CLASS 101, 탈잉, 크몽, VIBLE 등을 활용해보자. 오프라인이든 온라인이든 클래스를 들어보자. 내가 몰랐던 숨은 재능을 발견할지도 모른다.

두근두근
하비라클

우리가 숨 쉬고 머무르고 움직이는 모든 순간이 해야 할 일에만 집중되어 있다면 삶이 너무 팍팍하다. 아무리 좋은 자전거도 바퀴에 적당한 윤활유를 발라주지 않으면 앞으로 나아갈 수 없는 법이다. 취미를 통해 자존감을 적립할 수 있는 인생의 루틴이 있다면, 우리의 고단한 인생도 조금 더 부드럽고 매끄럽게 나아갈 수 있을 것이다. 자신을 믿고, 자신을 사랑하고, 자신감 있게 나아갈 당신을 기대해본다.

완벽하지 않아도,
잘하지 못해도
괜찮아

새해가 되면 사람들은 원대한 목표를 세운다. 독서, 다이어트, 운동 등 습관 형성부터 외국어, 자격증 공부 등 자기계발까지 다양하다. 하지만 새해에 세운 목표가 연말까지 이어지는 경우는 그리 많지 않아 보인다. 작심삼일로 끝나거나 중도에 포기하는 경우가 많다.

왜 새해의 결심을 달성하지 못하는 걸까? 완벽하게 해내고 싶은 욕심, 잘해야 한다는 부담감이 오히려 달성을 방해하는 게 아닐까.

옷을 고른다는 마음으로 부담 없이

독서는 새해 결심의 단골손님이다. '3일에 한 권 완독하기' 같은 목표부터 대뜸 세운다. 전후 사정 따지지 않고 실천이 어려운 목표를 설정하는 것이다. 초반에는 목표를 지키려고 안간힘을 쓰며 3일에 한 권을 완독한다. 하지만 여러 가지 '피치 못할 이유'로 결심은 흐지부지된다.

해내야 한다는 강박감이 생기면 결국 목표에 끌려가게 된다. 제대로 실천하지 못했다는 자책이 쌓여 어느 순간 포기하게 된다. 이 과정이 반복되면 무력감이 쌓이고 결국 '나는 끝까지 해내지 못하는 사람'이라고 자책하며 자기 자신을 믿지 못하게 된다. 무엇 하나 쉽게 도전하지 못하는 사람이 된다.

취미를 할 때도 마찬가지다. 자신만의 취미를 만들고자 노력했는데 실패한 사람은 처음부터 완벽하게 하려다가 초반에 진이 빠지는 경우가 많다.

캐릭터 그리기를 예로 들어보자. 이 취미를 시작하는 사람 대부분이 단기간에 멋진 캐릭터를 그려내길 원한다. 그것이 목표가 되고 취미를 지속할지 말지의 기준이 된다. 과정이 있어야 결과가 있고, 어느 정도 양을 달성해야 질이 나오는 법인데, 처음의 부족함을 견디지 못한다. 얼른 잘하고 싶다는 조바심 때문에 과정을 온전히 즐기지도 못한다. 결국 자신이 정한 기대와 목표에 도달하지 못하겠다는 생각이 든다. 시작한 지 얼마 되지도 않았는데, 지레 겁을 먹는다. 자신은 이쪽으로 재능이 없는 것 같다며 이내 포기하고 만다.

손만 대고 이어나가지 못하는 취미가 많아지면 생각이 많아진다. 왠지 자신은 의지가 없는 사람인 것만 같다. 삶에 활력을 주고, 더 나은 나로 성장해보고자 시작한 일인데 나 자신을 의기소침하게 만든다. 그렇게 취미에 대한 흥미나 열정을 잃는다. 바쁘고 피곤한데 일이나 하자며 다시 각박하고 고단한 삶을 이어나간다.

취미는 일이나 의무가 아니다. 마감 시한 안에 끝내고 빠른 시간에 성과를 보여야 하는 프로젝트도 아니다. 취미는 나에게 잘 맞는 옷을 고르는 과정과 같다. 나의 고유한 개성을 드러내면서 활동성이 있고 편해서 자주 손이 가는 옷은 나의 취향이 되지 않는가. 취미도 마찬가지다. 취미로 인해 소소한 성취감이나 내적 만족감이 쌓이면 그 취미가 곧 나의 정체성이 된다.

취미를 유지하는 비법 세 가지

나만의 취미로 인생을 다채롭게 이어가려면 어떻게 해야 할까? 작심삼일로 끝나는 새해 결심 같은 취미가 되지 않으려면, 다음의 세 가지를 기억하면 된다.

첫째, 처음부터 완벽히 하려는 마음을 버리자. 때때로 완벽을 추구해야 하는 상황에 놓이긴 하지만, 처음부터 완벽히 할 수 있는 사람은 없다. 과정이 어느 정도 진행될수록 조금씩 나아지고 완성되는 것이지 시작부터 100% 완벽함에 도달할 수는 없다. 기준을 높이 잡은 채 시행착오 없이 완벽히 하려고 애쓰면, 과정 자체를 부족하게 바라보는 시선만 누적될 뿐이다.

취미의 목적은 자신보다 앞서가는 사람을 비교하게 되는 무한경쟁 속에서 한 발자국 걸어 나와, 어제보다 한 걸음 더 내딛는 자기 자신에게 주파수를 맞추는 것이다. 그러니 처음부터 완벽하게 잘하려는 마음을 내려놓자. 조금 느리더라도 나와 현실을 고려한 기준을 세워 실천을 지속하는 것이 더 중요하다.

둘째, 큰 목표 대신 작은 실천을 중요하게 여기자. 나의 이상과 기대로 세운 큰 목표는 다른 사람에게는 그럴듯해 보일 수 있지만, 목표를 이뤄가는 당사자에게 큰 도움이 되지는 않는다. 오히려 많은 준비를 하느라 시작조차 못 하거나 쉽게 포기하는 요인이 된다.

3일에 한 권 읽기, 1일 1개 서평 쓰기, 매일 캐릭터 하나 만들기 같은 목표를 세웠다고 해보자. 처음에는 의욕이 앞서 열심히 하게 된다. 하지만 시간이 갈수록 목표를 달성해야 한다는 압박감이 커지고, 부담감에 차일피일 미루게 된다.

정말 작게 시작해야 한다. 당장 실천 가능한 행동이어야 한다. 독서라고 한다면 첫 시작은 책장에서 마음에 드는 책을 골라 펼치는 것 정도가 적당하다. 책 펼치기에 성공하면 그다음에 천천히 하나씩 행동을 추가한다. 가령 책의 머리말 읽기, 목차 훑기, 한 페이지 읽기 등이다. 작은 실천이 계속 이어지면 자연스럽게 몰입이 된다. 그렇게 조금씩 그 범위와 속도를 늘

려나가면 된다.

셋째, 작은 완성이 모여 큰 성장의 기틀이 된다는 것을 잊지 말자. 실현 가능한 목표를 잡고 작게 실천해나갈 때 문득 '이러다가 언제 달성하지?' 하고 의문이 들며 조바심이 날 수도 있다. 가령 캐릭터 그리기를 배운다고 하자. '선 연습 하루에 1번 하기' 같은 목표를 세우고 이를 실천하다 보면, '언제쯤 캐릭터를 잘 그릴 수 있을까?'라는 생각이 든다. 빨리 잘하고 싶은 마음이 드는 건 자연스럽고 당연한 일이다.

나 역시 조바심이 들었다. 나만의 귀여운 캐릭터를 빨리 완성하고 싶은 마음이 커서 지루한 선 연습의 과정을 견디지 못했다. 그래서 중도에 반복되는 연습을 건너뛰고 바로 따라 그리기로 넘어가려고도 해봤는데, 막상 그다음 단계로 넘어가니 진행이 쉽지 않았다.

빨리 가려다가 오히려 단 하나도 정확히 습득하지 못하게 됐고 결국 선 긋기 연습부터 차근차근히 한 단계씩 밟아나갔다. 선 긋기가 손에 익자 과정 자체에 재미가 붙었고 어느새 '다람이'라는 캐릭터를 완성할 수 있었다.

나는 완벽하기보다 시작을 망설이지 않는 사람이 되기 위해 노력한다. 잘하라고 나에게 부담을 주기보다 즐겁게 임할 수 있는 환경과 분위기를 만들며 나를 응원한다. 많은 것을 빠르게 하려고 하기보다 기본부터 탄탄하게 완성하려고 한다.

두근두근
하비라클

나만의 취미를 완성하고 싶다면 세 가지를 명심하자. 처음부터 완벽히 하려는 마음을 버릴 것. 큰 목표 대신 작은 실천을 중요하게 여길 것. 작은 완성이 모여 큰 성장의 기틀이 됨을 잊지 말 것. 그리고 출발점에 선 자신에게 말해주자.
"완벽하지 않아도, 잘하지 못해도 괜찮아."

세상 속
달리기에서
탈진하지 않는 법

　코로나19 이후 우리의 삶은 급변하고 있다. 평범한 일상은 어느덧 추억해야 할 일상이 되었다. 기업들의 채용 규모 축소로 막막한 나날을 보내는 취업준비생, 온라인 수업으로 학교생활의 재미도 학업성취의 능률도 낮아진 초중고 학생……. 삶의 터전이 흔들리고 생계를 위협받는 사람도 있다. 매출이 급감한 자영업자 중에는 임대료 걱정으로 하루하루 고통받다 끝내 폐점한 사람도 있고, 직장인 중에는 회사의 경영악화로 하루아침에 실업자가 된 사람도 있다.

코로나19로 '평생직장'이라는 말은 진짜 죽은 단어가 되었다. 불안할수록 '돈'에 대한 관심은 높아졌다. 돈이 있어야 어떤 위기에도 무너지지 않고 불안하지 않을 것 같아서가 아닐까. 사람들은 한 직장에 목매지 않고 다양한 수입 파이프라인을 구축하려는 움직임을 보인다. 투잡을 넘어 N잡 시대다. 하나의 수입 파이프라인만으로는 미래가 불확실하다는 데 다수가 동의하는 추세다.

지금보다 더 잘살고 싶다는 욕망

더 잘살고 싶다는 열망은 코로나19가 세상을 강타한 이후에도 어김없이 타오른다. 나는 2020년에 온라인 창업을 하고 직장을 다니며 운영했다. 그러다 2021년부터는 사업에 집중하고자 다니던 직장을 그만두고 1인 기업가로 홀로서기를 했다.

다른 온라인 창업가들은 어떤 방식으로 수입을 창출하는지 관심을 두고 조사했고, 내게 맞을 것 같은 온라인 강의를 들으며 공부했다. 온라인 창업 세계에서의 달리기는 녹록지 않았다. 빠른 속도에 발맞춰 달리다 보니 숨이 차오를 수밖에 없었다. 쉬자니 불안하고, 안 쉬자니 한계에 도달한다. 강사의 비법을 들어도 내 상황에 적용하기 어려웠고, 그런 자신이 한심하게 여겨졌다. 다른 사람들은 발 빠르게 움직여 금세 결과를 내는 것만 같은데, 나만 제자리인 것 같아 불안했다.

블로그, 인스타그램, 유튜브 등 촘촘히 연결된 SNS에는 온라인 수익화에 성공한 사람들이 하루가 멀다고 등장한다. 그들의 화려한 수익인증을 보면서 상대적인 박탈감과 무력감을 느꼈다. 코로나19가 오는 바람에 오프라인 세계가 멈춰 온라인 세계로 넘어와 열심히 달렸지만, 이 달리기의 주인공 또한 내가 아닌 게 현실이었다. 아무것도 하기 싫고, 아무것도 할 수 없는 기분이었다.

1등이 아니라 완주를 목표로

그렇게 나는 세상의 속도에 맞춰 멈출 수 없는 달리기를 해왔다. 여러 사람이 한 코스로 달리는 마라톤을 생각해보자. 나를 앞지르는 사람도 있고, 한없이 뒤처지는 사람도 있다. 앞서 거니 뒤서거니 하는 상황 속에서 속도 차이가 생기고, 확연히 벌어지는 거리에 서로 비교가 된다.

하지만 다른 사람이 빨리 달린다고 해서 무작정 따라 달리면 자신의 페이스를 잃을 수 있다. 페이스를 조절하지 못하면 부상이 생기기도 하고, 호흡곤란이 오거나 탈진하는 상황까지 생길 수 있다.

자신의 페이스를 조절하지 못하면 멈추고 오래 쉬어야 하거나 레이스를 포기해야 한다. 하지만 자신의 속도를 조절해서 달리면 1등이 되거나 정해진 시간 안에는 들지 못해도 완주는 할 수 있다. 마라톤은 1등만 기억하지 않는다. 자신과의 싸움에서 이겨 그 거리의 코스를 끝내 완주한 모두가 그날의 승리자가 된다.

세상의 속도를 내가 바꿀 수는 없지만, 세상 속 달리기에서 나의 속도를 조절하는 것은 가능하지 않을까. 외부로만 시선을 두지 말고, 내면에 시선을 둘 때다. 아무리 내가 자신 있는 분야라도 나보다 앞서가는 사람은 항상 존재한다.

앞서가는 사람이나 빠른 세상의 속도를 '나를 이끌어주는 페이스메이커'로 여겨보자. 그리고 자신을 지지하고 응원하며 즐겁게 달려보자. 자신만의 방식이 가장 지속 가능한 해답이 되고, 인생은 가끔 속도전이 아니라 꾸준히 완주해온 자에게 기회를 주기도 하니 말이다.

나는 막다른 벽에 도달했다고 느낄 때, 해결해야 하는 문제가 생길 때 새벽 시간을 활용한다. 새벽 5시 정도에 일어나 혼자만의 고요한 시간을 갖는다. 그런 다음 천천히 내가 처한 상황이나 문제를 적고, 이를 위해 어떤 것부터 해야 할지 하나씩 우선순위를 정한다. 우리가 가지고 있는 불안과 걱정은 생각보다 그 실체가 크지 않다. 하나씩 생각하고 지금부터 무엇을 할 수 있을지 기록해보면, 해야 할 행동과 계획이 정리되고, 초조하고 불안한 마음이 진정된다.

무작정 다른 사람을 쫓아 달리거나 세상의 속도에 너무 매몰되어 있음을 깨닫게 되면, 내가 다시 인지해야 할 나의 속도가 보인다. 조금 더 나다운 방향과 해결책이 보인다. 세상이 멈춰 있는 새벽 시간에 내면의 엔진을 가동해보자. 세상 속 달리기에서 쉽사리 탈진하지 않는 내면의 힘이 길러질 것이다.

두근두근
하비라클

앞서가는 사람들로 인해 스스로가 한없이 작아질 때, 마음 같지 않은 결과에 모든 것을 포기하고 싶어질 때 마라톤을 떠올려보자. 레이스를 포기하지 않은 모두가 그날의 승리자가 되는 마라톤처럼 자신만의 속도로 완주하면 된다.

무엇이든 취미처럼
즐거움
한 스푼 더하기

지자체에서 '나만의 강의 콘텐츠 기획법'과 '온라인 평생교육 강사를 위한 비대면 강의 스킬'을 주제로 강연 의뢰를 받은 적이 있다. 블로그에서 블로그 이웃을 대상으로 종종 강의해오긴 했지만, 실제 강의를 업으로 하는 강사들을 대상으로 하는 강의라 부담이 컸다.

소심해서 걱정도 많은 나에게 잘 맞는 특효약이 있다. 부담이 되고 어려운 일은 취미처럼 접근하는 것이다. 취미처럼 생각하면 긴장감과 강박감이 덜해 결과가 좋을 때가 많았다. 시간당 책정된 강의료도 꽤 높았고, 여러모로 좋은 기회였기에 나는 취미의 힘을 빌려보기로 했다.

실수하고 또 실수한 첫 번째 강의

아이패드를 들고 다니며 어떻게 기획할지 강의안을 고민했다. PPT를 잘 만드는 것이 아니라 걱정되기도 했지만, 일단 내가 할 수 있는 선에서 최선을 다해보기로 했다. 블로그에서 여러 번 강의를 진행해본 경험을 토대로 차질 없이 준비해나갔다. '비록 수강생들보다 어리지만 온라인 강의는 내가 선배니까'라며 스스로 자신감을 북돋웠다.

강의 당일이 되었다. 공들여 준비한 시간이 무색하리만큼 내 첫 강의는 음소거가 눌린 채로 말하는 실수, 다른 화면을 눌렀던 실수, 또 내가 했던 찰나의 말실수 등 온갖 실수로 범벅되었다. 비대면 강의 노하우를 1시간 만에 전달해야 했고, 강사들의 시연과 피드백을 2시간이나 진행하는 호흡이 긴 강의였다. 그러다 보니 진행이 매끄럽지 못했고 돌발 상황이 발생했을 때 잘 대처하지 못했다.

강의가 끝나고 수강생 대부분이 잘 들었다며 좋게 말해주었지만, 스스로 전혀 만족스럽지 않았다. 진이 빠져 입맛도 없었다. 바로 학원 수업을 이어서 해야 했기에 가까스로 정신을 차리고 수업 준비를 했다. 하지만 강의 중 저지른 실수가 머릿속을 떠나지 않았다.

처음에는 실수를 저지른 스스로가 원망스러웠다. 준비를 제대로 하지 못한 것만 같았고, 강의료를 받아도 되는 걸까 걱정되었다.

그동안 내 강의의 수강생은 내 블로그 이웃인 데다, 어쨌든 나와 온라인상으로나마 소통을 해와서 내가 어떤 콘텐츠로 글을 올리고 어떤 행보를 해왔는지 아는 사람들이다. 하지만 이번 강의의 수강생은 나를 전혀 모르는 완벽한 타인인데다, 전문 강사들이다. 더 많은 시간과 공을 들였지만, 이전과는 다른 강의 규모와 진행 방식에 강의는 성공적이지 않았고 나는 영락없이 패배자가 된 심정이었다.

두 번째 강의를 마치고 나서

더욱 끔찍한 사실은 이 강의가 2회로 진행된다는 것이었다. 다가오는 토요일에 2회차 강의를 해야 했는데, 당장이라도 못 하겠다고 말하고 멈추고 싶었다. 코로나19 때문에 기존 강의 체제가 바뀌면서 받는 스트레스도 상당할 텐데, 나까지 스트레스를 더할까 걱정되었다.

하지만 불행인지 다행인지 강의를 못 하겠다고 말할 용기가 없었다. 한 번은 부딪쳐야 할 일이었고, 피한다고 피해지는 일도 아니었다. '계속 좌절하고만 있을 것인가, 이 경험을 계기로 더 큰 세상으로 나아갈 것인가'를 생각해보았다. 이 강의를 끝낸 후 또 하나의 경험을 더할 나를 떠올리며 다시 한번 힘을 내 보기로 했다. 이 시련을 반드시 성장의 기회로 만들고 싶었다.

사후 설문지를 만들어 첫 번째 강의의 피드백을 받았다. 다음 강의에서 무엇을 배우고 싶은지 설문조사도 했다. 감사하게도 수강생들이 정성스럽게 답변을 적어주었다. PPT에 글씨만 있고, 톤과 어조가 일관되게 흘러가 뒤로 갈수록 집중력이 떨어진다는 피드백이 대부분이었다.

내 강의의 아쉬운 점을 언급한 기록을 마주한다는 것은 무척이나 뼈아픈 일이다. 상처 난 부위에 소금을 뿌린 것처럼 쓰라리다. 하지만 지나간 일은 지나간 일이고, 나는 그전보다 개선된 모습으로 보답하고 싶었다. 피드백을 참고하여 철저히 다음 강의 준비에 들어갔다.

두 번째 강의를 끝낸 기분은 그럭저럭 괜찮았다. 첫 번째 강의 때보다는 진행이 자연스러웠고, 마무리했다는 사실 자체로도 뿌듯했다. 다행히 많은 도움을 받았다고 이야기해주는 수강생이 많았고, 진행 과정에서 큰 실수도 없었다. 무사히 두 번의 강의를 끝낼 수 있어 정말 다행이고 감사했다.

의뢰받은 강의를 끝낸 것은 홀가분했지만, 여기서 멈출 순 없었다. 강의력을 키워 강의 자신감을 높여야겠다는 생각이 들었다. 사람들에게 좋은 강의 만족도를 받는 것도 중요했지만, 강의 당사자인 내 만족도 역시 80% 이상으로 끌어올리고 싶었다.

전문가에게 도움을 요청해 스피치 컨설팅을 받았다. PPT 제작 노하우도 배웠다. 총 4주에 걸쳐 일주일에 한 번씩 인상적인 스피치의 조건과 기술에 관해 배우고 실습했다. 오프닝 멘트를 직접 만들고, 원고를 맛깔나게 읽는 연습을 했다. 말의 어미 처리와 비언어적인 요소를 어떻게 하면 효과적으로 할 수 있는지를 배웠다. 그 결과 딱히 피드백해줄 것이 없다는 기분 좋은 피드백을 받을 수 있었다.

"혹시 스피치 수업 따로 들으셨어요? 집중이 저번보다 훨씬 잘돼요!"

Zoom 강연을 진행하던 중 채팅창에 올라온 말이다. 수업을 들었다고 언급한 적도 없는데, 단숨에 변화를 알아차리니 놀라웠다. 실수를 거듭했던 나의 흑역사가 영광의 상처로 거듭나는 순간이었다.

이 경험은 나를 일단 시작하고 보는 사람으로, 실수가 나를 어디까지 성장시킬 수 있을지 궁금해하는 사람으로 만들어주었다. 실수를 딛고 일어서면 그만큼 단단해지고 강해진다. 실수를 두려워하기보다 실수를 반복하지 않기 위한 행동을 하다 보면, 실수 너머의 가능성과 잠재력이 보인다.

두근두근 하비라클

실수해도 괜찮은 취미를 대할 때처럼 실수할까 너무 위축되지 말고 '실수해도 웃어넘긴다는 마음가짐'을 가져보자. 어렵고 부담스러운 일도 취미를 하는 마음으로 가볍게 시작해보자. 두 발 전진을 위한 한 발 후퇴는 결국 도움닫기가 된다. 앞으로 더 잘 뛸 수 있는 반동이 되고, 더 멀리 갈 수 있는 추진력이 된다는 것을 잊지 말자.

"미니멀 라이프로 나를 사랑하게 되었어요."

맘리스너 수경(30대, 1인 기업 맘꿈브릿지 대표)

신혼 때는 정리가 취미였다. 주말이면 남편의 손을 잡고 온갖 물건
이 다 있는 그곳에 가서 정리용 바구니를 고르는 것이 필수 코스였
다. 그러다 임신을 하고 아이가 제 발로 걸어 다니며 온 집안의 물
건을 헤집어 놓을 때쯤 일이다.

그때 아이가 가장 좋아했던 장난감은 물건 정리를 위해 부지런히
사다 놓았던 바구니였다. 그 바구니를 뒤집어 내용물을 모두 쏟아
부어 놓고, 빈 바구니를 두드리는 놀이를 가장 좋아했다. 한두 번은
괜찮았는데 이런 일이 매일같이 반복되니, 아이가 서랍장 쪽으로
가기만 해도 화가 났다. 그때는 뭐가 문제인지 잘 몰랐다.

우연히 읽은 책에서 미니멀 라이프를 알고 나서야 깨달았다. 나는

172

정리를 좋아하는 사람이 아니라 버리지 못하는 사람이었고, 과거를 향한 집착과 미래에 대한 불안감이 높은 사람이라는 사실을 말이다. 아까워서 버리지 못하고, 언젠가 쓸모 있으리라는 생각에 물건을 방치했다. 물건을 구입하고, 정리하면서 그것이 행복이라고 착각하며 살았다.

아이가 물건을 마구 만져대서, 정리와 청소를 편하게 하고 싶은 마음으로 미니멀 라이프를 시작했다. 하지만 시간이 흐를수록 내가 원하는 삶이 무엇인지 진지하게 생각하게 되었다. 필요하지도 않은 물건을 자주 사는 사람을 보면 마음이 외로운 사람이 많다. 나역시 그랬다. 그때그때 해야만 하는 역할에 집중하느라 나 자신을 돌보지 못했다.

지금의 나는 달라졌다. 셀프 미래 설계를 하며 꿈을 향해 나아가고 있다. 경단녀라고 우울해하기만 했던 시간에서 벗어나, 그때그때 떠오르는 감정들에 솔직하게 마주하며 다양한 시도를 하고 있다. 이제 물건이 주는 잠깐의 행복에 더는 속지 않는다. 물건이 아닌, 거울 속 내 모습을 아껴주는 사람이 되었다.

온전한 나로 바로서다,
하비라클 인생 리부팅

4장

덕질도
취미도
직업이 되는 시대

　불과 몇 년 전만 해도 학사과정을 마치면 전공 분야로 대학원을 가거나, 회사에 취직하거나, 공무원 시험에 도전하는 것이 일반적인 선택이었다. 하지만 점차 세상은 변하고 있고, 직업을 선택하는 판도도 다양해졌다. 단지 돈을 벌기 위해 직업을 택하는 것이 아니라 자신이 추구하는 가치에 따라 직업을 택하는 사람이 늘고 있다.

　특히 덕질(자신이 좋아하는 분야에 심취하여 그와 관련된 것들을 모으거나 찾아보는 행위)이 직업으로 연결되는 일이 많다. 오타쿠

(한 분야에 열중하는 사람)나 괴짜로 여겨지던 것이 요즘에는 마니아적인 영역을 넘어 SNS 시스템이나 온라인 플랫폼을 통해 관심사를 기반으로 한 전문가로 인정받고 있다. 덕질도 취미도 이제 하나의 직업이 되는 시대다. 세상은 이제 개인이 자신만의 다양한 무언가를 펼치는 열린 무대가 되고 있다.

취미를 직업으로 삼는 것

정해진 틀에서 벗어나 자신만의 무언가를 구축하는 것은 그리 쉬운 일이 아니다. 취미나 관심사로 돈을 벌고, 직업으로 이어나가는 것은 그리 호락호락한 일이 아니다. 나는 취미 콘텐츠를 기반으로 한 1인 기업가다. 관심사로 돈을 버는 사람으로서 취미를 직업으로 삼으려는 사람에게 꼭 당부해주고 싶은 말이 있다. 꾸준히 자신을 믿으며 타이밍이 올 때까지의 여정을 감수할 수 있어야 한다고 말이다.

주변 사람들이 어떤 얘기를 하더라도 흔들리지 말고, 자신이 가고자 하는 길을 끝까지 가보길 바란다. 때로는 보장된 결과가 아님에도 자신을 믿고 용기 있게 뛰어들면 놀라운 기회가 선물처럼 주어지기도 한다.

기회의 주인공이 되려면 용기 있는 시작도 중요하지만, 자신의 과정을 기록으로 남기는 것 또한 중요하다. SNS나 블로그에 글, 그림, 사진, 영상 등을 올려보는 것이다. 자신만의 무언가로 수익 파이프라인의 토대를 구축하기도 하고, 누군가가 나를 찾고 알아볼 수 있는 창구를 만들 수도 있다.

나는 그동안 내가 해온 취미를 꾸준히 블로그에 기록했다. 내 생각을 담은 글이나 캘리그라피 작품을 꾸준히 올리고 사람들과 소통했다. 블로그 방문자들에게 실력을 뽐내며 '잘할 수 있는 법'을 알려주려는 의도는 아니었다. 자신이 좋아하는 것을 자신만의 콘텐츠로 연결하여 코칭, 강연 등에 활용하는 데 도움을 주고 싶었다.

좋아하는 것이 일이 된다는 것

나는 '하비라클'을 통해 많은 사람이 취미로 자신만의 모임을 만들 수 있도록 코칭하고 있다. 온라인 프로젝트를 기획한 경험을 바탕으로 다른 사람들도 자신만의 콘텐츠를 만들어 운영할 수 있도록 도와주고 싶었다. 소비자가 아닌 생산자로서 자신이 좋아하는 취미로 돈도 벌고 자아실현도 할 수 있게 하고 싶었다. 이것이 내가 1인 콘텐츠 기획가로 활동하게 된 계기다.

글쓰기로 치유의 힘을 깨닫게 된 이에게는 그 정체성과 앞으로 나아갈 방향에 걸맞게 '빛날(빛나는 나를 만들어가기 위한 글쓰기 모임)'을 만들도록 코칭했고, 손그림을 좋아하는 이에게는 네이버 OGQ 이모티콘을 같이 만들어보는 프로젝트를 기획했으며, 사진 찍기를 좋아하는 이에게는 인스타그램을 활용해 엄마와 아이의 추억을 담을 수 있는 포토북 프로젝트를 제안했다.

코칭하면서 누군가가 자신의 가능성을 더 나은 현실로 만들 수 있게 하는 일이 진정 내가 원하는 일임을 다시 한번 확신할 수 있었다. 사람들에게 취미가 하나의 직업이자 평생의 업이 될 수 있다고 알릴 때 진정으로 행복했다. 직장생활을 할 때도 나름의 성장은 있었다. 하지만 내가 구축한 시스템 안에서, 내가 추구하는 가치를, 나와 같은 길을 가는 사람들과 함께 실현하는 일은 차원이 다른 성장이었다.

'하비라클'을 대표하는 플랫폼으로서 '하비라클 스쿨'을 만들었다. 이 플랫폼은 좋아하는 취미로 수익을 창출할 수 있도록 돕는 곳이다. 이곳에서만큼은 다른 사람의 눈치를 보지 않고, 자신이 원하는 가치와 꿈을 실현할 수 있다. 취미를 통해 진정한 나를 찾고, 어떤 활동을 할 때 나답게 행복할 수 있는지 알 수 있다. 취미도 직업이 될 수 있다는 믿음이 있었기에 나는 '하비라클 스쿨'의 교장이 될 수 있었다.

원하는 회사에서 자신이 원하는 일로 돈을 벌고, 자신이 몸담은 곳에서 성장할 수 있다면 그것만큼 효율적이고 가성비 좋은 일도 없다. 하지만 자신의 직장이나 현재의 일이 자신을 잃게 하고 있다면, 자신의 가능성과 잠재력을 믿고 한번 다른 선택을 해보길 바란다. 나만의 업을 찾는 길은 어렵고 힘들지만, 그만큼 성장 가능성도 크다.

아주 소소한 것이라도 괜찮으니 현재 본인이 가지고 있는 취미를 쭉 적어보자. 내가 가지고 있는 씨앗이 무엇인지 알아야 그 씨앗으로 새싹을 틔우고 꽃을 피울 수 있다. 그런 후에 현재 자신이 가지고 있는 기술을 연결해 적어보자. 학생 때 배운 기술이든 업무를 하면서 습득한 기술이든 상관없다. 자신의 '취미'와 '기술', 이 두 가지를 연결하는 과정을 활성화한다면 연결고리를 확장해 프로젝트나 클래스를 기획할 수 있다. 프로젝트나 클래스가 자신의 시스템으로 순환한다면 그것이 평생의 업이 될 수 있다. 직업을 넘어 은퇴 없는 나만의 업 말이다.

두근두근
하비라클

참고 버티며 생기를 잃어가는 하루보다 힘들어도 나의 씨앗을 뿌리는 하루가 훨씬 행복하다. 먼저 시작한 사람들과 비교하지 말고, 자신의 현재에 너무 갇히지 말길 바란다. 무엇보다 당신이 조금만 망설이길 바란다. 시도하는 과정에서 전문가가 될지도 모른다. 시행착오와 경험은 어떻게든 쓰이며, 새로운 선택을 할 수 있을 때 새로운 기회가 오기 때문이다.

취미자아로
다양한
정체성을 찾다

바야흐로 '부캐'의 시대가 도래했다. 부캐는 본래 게임에서 사용되던 용어로 온라인게임에서 본래 사용하던 계정이나 캐릭터 외에 새롭게 만든 부캐릭터를 줄여서 부르는 말이다. 일상생활에서는 '평소 나의 모습이 아닌 새로운 모습이나 캐릭터로 행동할 때' 사용된다. 유명 연예인뿐 아니라 일반인 또한 일상과 SNS 혹은 회사 안과 밖의 모습을 구분하여 부캐를 가진 사람이 많다.

나만의 콘텐츠로 부캐를 만든다면

온라인에서는 자신의 이름, 직업 등을 내세우지 않고 부캐로서 활동하는 일이 이제 놀라운 일이 아니다. 본업 외에 여러 직업을 가진 경우도 부캐라 할 수 있다. 내 본업은 '취미 콘텐츠 기획자'이지만 강의를 하는 '강사'이기도 하고, 블로그 주제 상담 및 블로그 글쓰기 코칭을 하는 '코치'이기도 하다. 한 가지에 한정되지 않고 여러 가지 일을 하는 것이 어려울 때도 있지만, 다양한 역할을 하는 경험이 나를 더 다채롭게 만든다.

오늘날은 한 우물만 팔 수 없는 시대이고, 다양한 수익 파이프라인을 가진 N잡러로 활동하는 것이 당연한 시대다. 온전히 한 가지만 잘하기도 힘든데, 시대적 변화에 발을 맞추려면 여러 가지를 다 잘해야 한다. 하지만 그 사실에 부담을 가지는 것보다 자신의 본업과 다양한 정체성이 어우러질 수 있다는 뜻으로 받아들이면 될 것 같다. 아무리 한 분야에 인정받는 전문가나 오랜 전통을 계승하는 장인이라도 시대의 변화에 발맞추는 행보와 도전은 필요하니까.

한 분야에서 다른 분야로의 연결과 융합은 기발한 아이디어나 번뜩이는 영감이 되기도 한다. 새로운 역량을 갖출 기회가 되고, 시너지를 낼 계기도 된다. 기업이든 개인이든 이런 시대의 흐름에 부합해 다양한 모습으로의 시도가 보편화되고 있다.

그렇다면 어떻게 해야 내 잠재력을 발견할 수 있을까? 나만의 콘텐츠를 만들고 발전시키기 위해서는 내가 어떤 사람인지, 나에게 어떤 다양한 모습이 있는지를 알아야 한다.

나만의 콘텐츠를 찾는 질문 14가지

인생을 살아갈 때 우리는 많은 부분에서 딱 떨어지는 답을 요구받는다. 예를 들자면 나이나 직업에 관한 질문, 측정된 수치나 명확한 개념에 관한 질문 등이다. 이런 질문은 깊게 고민할 필요 없이 답이 바로 나온다. 바쁜 세상의 속도에 맞춘 질문과 답이다. 그럼 다음의 질문은 어떨까?

1. 나는 누구인가?

2. 내 존재 이유는 무엇인가?

3. 나는 어떤 사람이 되고 싶은가?

4. 내가 세상에 전하고자 하는 가치는 무엇인가?

5. 내 삶의 비전과 소명은 무엇인가?

위의 질문은 세상과 주변에 나를 나타내고 증명하는 질문이 아니다. 오롯이 나를 향하고 나의 내면을 깊게 파고드는 질문이다. 모든 일은 나로부터 비롯된다. '나'에 대해 질문을 던지고, 깊이 고민하며, 답을 하는 과정은 중요하다. 평소 자기 자신에게 질문할 기회가 없기에 그 과정이 쉽지는 않겠지만, 이 질문에 답을 내릴 수 있다면 큰 그림의 밑그림이 그려진 것과 같다.

본연의 나를 알아가는 질문으로 중심을 잡았다면, 그다음 단계로 나와 관련된 취미, 관심사, 추구하는 가치, 라이프 스타일을 파악할 수 있는 질문을 던져보자.

1. 여유 시간에 가장 많이 하는 활동은 무엇인가?

2. 시간이 가는 것도 모를 정도로 몰입했던 활동은 무엇인가?

3. 즐거움 이상으로 성장을 돕는 활동은 무엇인가?

4. 시간과 돈을 들여서라도 하고 싶거나 배우고 싶은 활동은 무엇인가?

5. 힘들 때 위로가 되는 활동은 무엇인가?

위 질문의 답에서 중복되는 활동이 있다면 그것이 나만의 콘텐츠일 확률이 높다. 가장 많이 접하거나 몰입이 된다는 것은 그만큼 나와의 밀접성이 높다는 것이다. 즐거움 이상으로 성장을 돕는다는 것은 지속 가능성과 생산성이 높다는 의미다. 시간과 돈을 들여서라도 하고 싶거나 배우고 싶다면 시작할 의지가 있는 것이다. 내가 힘들 때 위로가 되는 활동은 나의 안식처와 새로운 돌파구가 된다. 또한 다른 누군가에게도 도움이 되는 기회로 이어질 수 있다.

그다음 단계는 콘텐츠 기획 단계다. 기록을 충분히 했다면 본격적인 기획 과정으로 가야 한다. 콘텐츠 종류는 다양하다. PDF 전자책, 강의, 온라인 모임이 대표적이다. 나는 온라인 모임 콘텐츠를 중심으로 강의 및 코칭으로 확장했다. 취미 활동

중 콘텐츠로 기획해보고 싶은 소재가 있다면 다음의 질문을 던져보자.

1. 왜 이 소재로 콘텐츠를 만들고 싶은가?
2. 이 콘텐츠가 필요한 사람은 누구인가?
3. 이 콘텐츠가 전하고자 하는 가치가 무엇인가?
4. 이 콘텐츠의 예상 커리큘럼은 무엇인가?

콘텐츠가 존재해야 하는 이유를 구체화하고, 타깃을 명확히 설정하는 것이 중요하다. 커리큘럼을 정할 때는 대주제에서 소주제로 세분화해야 한다. 예를 들어 온라인 모임 콘텐츠를 만든다면 진행 기간을 설정한 후 해당 주차에 맞는 미션을 정하고 일별 미션을 정하면 좋다.

한 가지 주의해야 할 점은 단순히 사람들이 많이 하거나 유행처럼 인기가 있는 소재만을 좇지 않는 것이다. 내가 진짜 하고 싶은 콘텐츠이자 지속 가능한 콘텐츠여야 한다.

질문을 던지고 구체적인 답을 하는 과정을 거치는 것은 기획의 초석을 다져 탄탄한 콘텐츠를 만들기 위해서다. 메인 콘텐츠 하나가 자리를 잡으면, 다른 여러 콘텐츠를 기획하고 확장하는 것은 그리 어렵지 않다. 나만의 콘텐츠를 찾는 14가지 질문에 답해보자. 나만의 콘텐츠로 부가적인 수익을 창출하는 것도 중요하지만, 무엇보다 이 과정을 거치면 모든 결과의 핵심인 나 자신을 더욱 잘 알게 된다.

취미자아로 나를 알아가고, 나의 다양한 정체성을 발견하게 된다면, 원하는 청사진에 더 빨리 도달할 수 있을 것이다. 멋진 콘텐츠가 될 취미자아를 발견해보자.

비전선언문으로
꿈을
선명하게 하다

　누군가 "당신의 비전과 소명은 무엇입니까?"라고 묻는다면 아마 뜬구름 잡는 이야기를 하고 있다고 여기는 사람이 많을 것이다. 하루하루 버티며 살아가기도 바쁜 현대인이라면 당장 눈앞에 닥친 일을 해결하는 것도 힘들 테니 말이다.

　나 역시 그랬다. 기나긴 학업에서 벗어난 해방감은 한여름 밤의 꿈처럼 짧았다. 성인이 되어서도 나의 열망을 펼칠 기회는 그리 많지 않았다. 본격적으로 돈을 벌기 시작했을 때도 하고 싶은 것이 많던 나를 잊고 살았다. 꿈을 꾸는 시간은커녕 제대로 휴식할 시간도 부족했다.

원하는 일만 하며 살 순 없었다. 돈을 벌고 현실을 챙기는 것 또한 얼마나 중요한지 잘 알고 있었다. 하지만 나의 가치관과 결에 맞지 않는 일을 억지로 한다면 언젠가 내 마음 또한 크게 무너질 것 같았다.

내 마음의 소리에 귀를 기울이다

내 인생이 이렇게 흘러가게 둘 순 없었다. 잠시 현실을 벗어나 나 자신을 돌아보고 성찰하는 시간을 가졌다. 그러자 나의 열망이 견고한 이성을 누르고 수면 위로 떠 올랐다.

'교육의 힘으로 선한 영향력을 펼치고 싶다' 이것이 오랜 시간 고민하고 판단해온 나의 결론이었다. 현재의 입시 교육에서는 내가 원하는 교육의 가치를 실현할 수 없었다. 직장 밖의 세상이 무서워 열망을 무시하고 싶었지만, 내 마음속 외침은 점차 커졌다. '선한 영향력'이라는 단어가 나의 미래만큼이나 막막하게 느껴졌지만, 일단 지금의 조건에서 할 수 있는 가장 작은 것부터 차근차근히 해보기로 했다.

교육으로 선한 영향력을 펼치려면 무엇보다 지혜로운 사람이 되어야 한다는 생각이 들었다. 그래서 나에게 깊은 통찰을 줄 수 있는 독서 시간을 늘려 나갔고, 다양한 정보와 글을 섭렵하며 생산적인 내가 되기 위해 노력했다.

물리적 세계에서는 지금의 내가 할 수 있는 게 없었기에 온라인 세계로 눈을 돌려 본격적으로 블로그에 글을 쓰기 시작했다. 수많은 서평을 썼고, 카카오 브런치 작가에도 도전했다. 나와 비슷한 상황에 있는 사람들에게 힘을 주는 글을 썼고, 수많은 시행착오 속에서도 앞으로 나아가고자 했다. 내 생각이 향하는 대로 행동했고, 내 마음이 원하는 일을 원 없이 했다.

결론적으로 퇴직금을 까먹었고, 현실적인 문제에 부딪혀 직장으로 다시 들어가는 결말이 되기는 했으나 나는 달라져 있었다. 회피하기보다 돌파해보는 사람이 되었고, 내 꿈을 지키기 위해 작게라도 행동하는 사람이 되었다.

10문장으로 정리하는 비전선언문

앞으로 어떤 가치를 전해야 하고, 어떤 목표를 실현해나갈 것인지 깊이 고민했다. 그렇게 써 내려간 나의 비전선언문은 다음과 같다.

1. 사람들의 마음에 울림을 주고 진정성 있는 글을 쓴다.
2. 취미가 기적이 된 삶의 롤 모델로 동기부여 강연을 한다.
3. 자신의 꿈을 마음껏 펼칠 수 있는 희망학교를 만든다.
4. 취미가 기적이 되는 하비라클 커뮤니티 센터를 만든다.
5. 취미로 사람들의 마음을 치유하고 자아실현을 돕는다.
6. 늘 나를 먼저 사랑하고, 그 사랑을 아낌없이 베푼다.
7. 꾸준히 기부하고 봉사하며 세상에 선한 영향력을 미친다.
8. 항상 겸손한 마음가짐으로 끊임없이 배우고 성장한다.
9. 아이와 성인을 위한 따뜻한 감성의 동화 채널을 만든다.
10. 현명한 배우자이자 아이의 행복이 우선인 부모가 된다.

이렇게 10문장으로 구체화하자 꿈이 훨씬 명확해지는 기분이 들었다. 이를 바탕으로 나의 소명도 정리해보았다.

"나는 취미기적컴퍼니 '하비라클'의 대표로 사람들의 마음치유와 자아실현을 돕는다. 꾸준히 책을 통해 용기와 희망을 줄수 있는 작가로 나아가고, 취미로 자기 긍정성을 회복한다. 진정한 삶의 주인공이 되도록 돕는 하비스트이자, 취미 콘텐츠기획 전문가로 나아간다. 희망학교의 교장이 되어 교육의 진정한 가치를 실현하고, 누구보다 나를 사랑하고, 믿고, 지지하는박찬미로 굳건히 살아간다."

단 몇 줄짜리 문장임에도 선언문이 주는 효과는 엄청났다. 이비전과 소명을 마음속 깊이 새기고 달려왔기에 나는 '꿈꾸는 취미러'에서 사람들을 이끌고 돕는 '하비스트'가 될 수 있었다.

두근두근
하비라클

지금 나의 마음이 어떤 방향을 향해 있는지 찬찬히 들여다보자. 비전과
소명을 적고 외치는 내가 되어보자.

취미 자본으로
나와 세상을
연결하다

2020년 코로나19로 세상은 한순간에 멈췄고 당연했던 일상도 당연하지 않게 되었다. 내가 당시 강사로 있던 학원도 직격탄을 맞을 수밖에 없었다. 갑자기 2주간 무급 휴가를 보내야 했고, 절반 정도 깎인 월급이 통장에 찍혔다. 상황은 시간이 지나도 나아질 기미가 보이지 않았다.

이대로 일터가 사라지고 수입이 끊긴다면 세상과 함께 무력하게 멈춰질 것 같았다. 하루하루 직장을 다니던 것 외에는 아무것도 준비한 것이 없다는 것을 새삼 깨달았다.

취미를 나의 콘텐츠로 삼다

월급에만 의존해서 살다가는 언제가 되도 내가 좋아하는 일을 못할 것 같았다. 그렇다고 무작정 직장을 그만두고 바라는 대로 1인 창업을 한들 얼마 유지하지 못할 것이 뻔했다. 제대로 된 무기 하나 없이 전쟁터에 무작정 뛰어드는 것과 같다. 그렇다고 월급의 9할을 저축하거나 퇴직금이 나오는 1년까지 버티자는 계획은 너무 일차원적인 해결 같았다. 그보다 더 구체적인 준비가 필요했다.

문득 취미를 콘텐츠로 1인 기업가가 되고 나서 구축하려고 했던 것을 지금부터 기획하고 진행하는 게 어떨까 싶었다. 최소한의 생활비로 최대한 버틸 자금을 준비하듯, 취미 자본을 차곡차곡 쌓아가기로 했다.

취미 자본이 탄탄하게 구축된다면 어떤 상황에서도 경제적인 문제로 흔들리지 않을 것이다. 1인 기업가가 된 후에도 그 시스템을 활용해 더 활발히 활동할 수 있을 것이다.

취미 콘텐츠 프로젝트를 해야겠다는 생각이 들었다. '내가 취미로 리부팅해 기적을 보았듯, 사람들도 그렇게 될 수 있지 않을까?'라고 생각을 바꿨다. 그러자 코로나19로 인한 시련이 오히려 나와 세상을 더 빨리 연결해주는 기회로 여겨졌다.

취미 콘텐츠 프로젝트로 1인 기업의 토대를 다지다

글은 힘이 있다. 처음부터 잘 쓰지 못해도 짧은 글을 꾸준히 쓰는 시간 속에서 얻을 수 있는 자신만의 무언가가 있다. 나 역시 글을 쓰다 보니 점차 나도 몰랐던 나의 잠재력과 가능성을 발견할 수 있었다. '하루 5줄 100일 글쓰기 프로젝트'는 그러한 나의 경험을 토대로 탄생했다. 누구나 하루 5줄이라면 부담 없이 글을 쓸 것 같았다. 100일간 글쓰기를 이어간다면 사고 역량뿐 아니라 문장력도 좋아지리라.

프로젝트 진행 리더인 내가 매일 질문을 던지고, 프로젝트에 참여하는 사람들이 최소 5줄씩 그에 대한 답을 하는 형식이었다. 총 5명과 100일간 프로젝트를 진행했는데, 기대 이상으로 결과가 좋았다. 다양한 질문을 만들며 나 역시 성장했고, 서로의 답을 보며 생각의 폭을 넓힐 수 있었다. 단 한 명의 낙오자 없이 100일간의 미션을 완료했다.

블로그에 80편 이상의 서평을 써온 경험을 바탕으로 '미라클 울림 독서 프로젝트'도 진행했다. 초기의 구성안은 새벽에 일어나 책을 읽고 울림을 준 문장과 그에 대한 생각을 기록하는 것이었다. 하지만 새벽 기상이 부담되었는지 단 한 명도 신청하지 않았다.

프로젝트 목적을 다시 생각해보았다. 새벽에 일어나서 책을 읽는 것보다 책을 읽고 깨달은 바를 삶에 적용하는 것이 더 중요하다. 실천이 수월하도록 구성안을 바꾸었다. 출근 전과 퇴근 후에 피곤도 잊고 구상작업에 매달릴 만큼 나는 이 프로젝트에 흠뻑 빠졌다.

평범한 학원 강사였던 내가 1인 기업가로 나아가기까지 도움이 됐던 책을 8권으로 추리고 함께 읽고 간단히 메모를 남기는 형식으로 바꾸었다. 신청자가 단 한 명이라도 있으면 좋겠다는 마음으로 모집 글을 올렸다. 최대 모집 인원 7명을 꽉 채워 1기를 진행할 수 있었다. 혼자 책을 읽는 것이 힘들어 함께 책을 읽으며 독서력을 높이려는 목적으로 신청한 사람들이었다. 프로젝트가 끝난 후 '가벼운 마음으로 참여했는데, 독서습관이 잡혔을 뿐 아니라 성장까지 한 것 같다'라는 소감을 전해주어 보람됐다.

취미 콘텐츠 프로젝트를 기획하고 진행하면서 내가 좋아하는 일로 함께 성장하며 수익까지 창출할 수 있어 기뻤다. 앞으로도 열심히 고민하고 부딪치면 내가 원하는 결과에 닿을 수 있겠다는 확신도 들었다.

취미 콘텐츠 프로젝트는 어떤 상황이 와도 경제적으로 흔들리지 않을 시스템의 토대가 되었고 내게 새로운 가능성을 보여주었다. 만약 직장에서 잘릴까 불안에 떨고만 있었다면, 절대 프로젝트를 진행하지 못했을 것이다.

외부상황인 코로나19를 탓하는 것보다 나를 바꾸는 것이 훨씬 생산적이다. 미래의 나를 위해 용기를 냈고, 작은 성공이 씨앗이 되어 현재 5개가 넘는 프로젝트와 다수의 강의를 진행하고 있다.

2020년 3월 10만 원의 수익에서 2020년 11월 250만 원의 수익을 달성했다. 계속 유지되는 수익은 아니었지만, 9개월 만에 25배가 넘는 수익을 창출한 경험은 의미가 있었다. 신청 인원 0명이었던 서러움을 견뎌냈고, 3차례 연달아 모집에 실패했을 때도 절대 포기하지 않았다.

'위기'는 '위험'과 '기회'의 합성어라는 말을 마음속 깊이 생각하며 달려왔다. 어떤 자세로 위기를 대하느냐에 따라 위험이 될 수도 있고, 기회가 될 수도 있다. 그것은 전적으로 나에게 달려 있다. 위기를 위험으로만 여긴다면 아무것도 할 수 없다. 하지만 위기를 기회로 여긴다면 생각보다 많은 것을 해낼 수 있다.

코로나19가 아니더라도, 살아가는 동안 우리는 계속 위기를 만날 것이다. 갑작스러운 변화는 예고 없이 찾아온다. 변화를 피하기만 한다면, 변화 속에 숨어 있는 기회까지 잃는 선택을 반복하게 될 것이다. 하지만 변화를 기회로 삼는다면, 그 과정에서 성장한 내가 다른 무언가를 가능하게 할 것이다. 인생의 '피해자'가 될지, 인생의 '주인공'이 될지는 모두 나에게 달렸다.

취미로운
나를 알리는
퍼스널 브랜딩

　온라인 독서 모임과 글쓰기 모임을 진행하는 과정에서 겪은 시행착오는 유효한 데이터가 되어 나만의 노하우가 쌓였다. 모임 개설과 운영, 모임 콘텐츠 기획과 구성에 대한 매뉴얼이 완성되었다.

　온라인모임을 시작할 때 나는 정말 막막했다. 그랬기에 다른 누군가는 나처럼 주저하지 않았으면 했고, 시행착오를 줄이며 더 즐겁게 갈 수 있기를 바랐다. 그래서 '취미로 나만의 온라인 모임 만드는 법'에 관한 강의를 진행하기로 했다.

시작은 유료 강의 같은 무료 강의

화상 회의 도구인 Zoom을 활용해 강의 환경을 구축한 후 모집을 시작했다. 먼저 참여하고 있던 자기계발 모임에 강의 진행 소식을 알렸다. 생각보다 많은 사람이 강의를 듣고 싶다고 했고, 목표 인원 20명이 전부 찼다.

시작한다고 홍보만 했지 막상 구체적인 강의안은 구상하기도 전이었다. 모집이 한 번에 되지 않을 테니, 홍보하는 시간 동안 같이 준비하면 될 것이라 여겼기 때문이다. 예상과 달리 빠르게 모집이 마감되어 기쁜 동시에 걱정되었다. 무료이기는 해도 나의 이름을 걸고 하는 강의였고, 참석하는 이들의 소중한 시간이 쓰이기 때문에 제대로 잘하고 싶었다.

온라인모임을 열정적으로 기획했던 그때처럼 실전으로 바로 뛰어들었다. 만다라트를 활용해 무슨 내용을 담을 것인지 고민했고, 어떤 방식으로 내용을 전달할 것인지 하나씩 틀을 잡아나갔다. 강의안 PPT를 세 차례나 뒤엎을 정도로 준비과정은 험난했다. 직장생활과 강의 준비를 병행하느라 시간이 부족했다.

출퇴근길이나 점심시간에도 짬짬이 연습을 거듭했다.

어느덧 강의 날이 됐다. 강의안 내용을 보지 않고 말할 정도가 되었지만, 여전히 긴장됐다. 실수하지 말고 잘해야 한다는 부담감에 침이 바짝바짝 말랐다. "이번 강의를 성공적으로 잘 마무리했습니다."라고 긍정 확언을 외치던 것을, 긴장을 해소하고 마음을 편안히 하기 위해 "제 강의를 듣는 모든 분이 행복해졌습니다."라고 내용을 바꾸어 외쳤다. 첫 시작이고 최선을 다했으니 결과가 어찌 되든 괜찮다고 나 자신을 다독였다. 부족한 부분이 있다면 피드백을 받고 나아지면 될 일이다. 함께 해주는 사람들에게 내 진심과 에너지가 전달되는 것만으로도 충분하다고 되뇌었다.

강의 시간은 저녁 8시였지만, 나는 거의 오후 3시부터 스탠바이 상태였다. Zoom을 켜고, PPT를 보며, 마지막 리허설을 했고, 멤버들이 있는 단체 카카오톡 방에 최종 안내 사항을 공지했다. 7시 45분에 링크를 보냈고, 7시 55분부터 강의실에 입장하도록 했다. 꼼꼼하게 준비한 덕에 모든 게 차질 없이 진행되었다.

강의 시간이 눈 깜짝할 사이에 흘러갔다. 1시간 30분가량 준비한 내용을 열심히 전했고, 강의가 끝나고 Q&A를 받았다. 아무래도 첫 진행이라 어떤 피드백이라도 달게 받겠다며 마음의 준비를 하고 있었는데, 정말 필요한 강의였고, 큰 도움이 되었다는 의견이 많아 뿌듯했다.

진심은 통한다는 진리

강의를 들었던 이들이 정성스레 강의 후기를 남겨주었고, 후기가 쌓이면서 더 많은 사람이 내 블로그를 방문했다. 유료라도 괜찮으니 다시 열어달라는 요청이 많아, 결국 유료 강의까지 하게 되었다.

시간이 촉박하거나 무료라고 해서 그저 그 상황에 맞춘 노력만 했다면 이러한 결과는 없었을 것이다. 소중한 시간을 내게 투자해준 사람들에게 보답해야 한다는 마음으로 철저히 임했고, 그 진심은 커다란 보상이 되어 돌아왔다.

내 블로그 이웃은 2배 이상 늘었고, 강의 후기는 나를 알리는 기록이 되어 자동으로 홍보가 되었다. 퍼스널 브랜딩이 자연스레 이루어진 것이다. 이 도전을 통해 나는 진정한 브랜딩이란 나누는 것에서 출발한다는 생각을 굳힐 수 있었다.

물론 자신의 콘텐츠를 사람들에게 무조건 무료로 배포하라는 말은 아니다. 그렇게 되면 내 콘텐츠의 가치가 떨어지고, 사람들에게 내가 가진 지식과 경험을 나누겠다는 소명이 지속적으로 유지될 수 없다. 소규모 인원에 선착순으로 무료 제공을 하고, 피드백을 받은 후 스스로 확신이 드는 때에 유료화하는 것이 중요하다.

무료이든 유료이든 명심해야 할 점은 나의 이름을 걸고 한다는 것이다. 내 강의를 듣는 사람들의 시간 역시 돈이라는 사실을 잊지 말아야 한다. 사람들이 이 강의를 듣기 전과 들은 후가 다를 수 있도록 철저히 자신의 강의를 검증해야 한다.

나는 열정을 다해 내 콘텐츠를 준비했고, 나를 만나는 모든 사람이 진심으로 잘 되고 행복해지기를 바랐다. 이 강의가 인연이 되어 지금까지도 나와 함께 성장해나가는 사람이 많다. 단톡방을 만들어 일주일에 4번 이상 자료를 공유하는 등 활발히 소통하고 있다.

블로그를 세팅하고 활성화하기까지 대략 2년이 걸렸다. 직장생활을 병행하며 강의를 준비하고 커리큘럼을 만들어나가는 과정도 녹록지 않았다. 하지만 이 도전으로 나는 영향력 있는 블로그 주인이 될 수 있었고, 화상 강의를 통해 취미 콘텐츠 강사가 될 수 있었다.

두근두근 하비라클

먼저 베푸는 마음으로 임하면, 언젠가 그 진심이 내게 좋은 기회이자 결과로 돌아온다. 진심이 깃든 열정과 철저한 준비는 절대 배신하지 않는다.

스마트폰이
없을 때
할 일이 없다?

수년 전 트렌드 키워드였던 '워라밸'은 일^{work}과 삶^{life}의 균형 balance의 줄임말인데, 지금은 자연스러운 것으로 자리 잡았다. 이제 직장에 한 몸 바쳐 열심히 일만 하던 시대는 지났다. 평생직장이라는 개념은 기성세대의 사전에만 있다고 여겨질 만큼 아득해졌다.

MZ세대(1980년대 초~2000년대 초 출생한 밀레니얼 세대와 1990년대 중반~2000년대 초반 출생한 Z세대를 통칭하는 말)는 직장에서 일과 자신의 삶, 둘 다 중요하게 여긴다. 근무시간에는 직장에서 주어진 일을 책임감 있게 해내고, 근무 외 시간에는 자신의 개인적인 시간을 보낸다. 이를 '당연한' 일로 생각한다.

포스트 코로나에 진정한 휴식이란

코로나19가 오면서 모든 일상이 멈췄고, 근무 환경도 급속히 변했다. 출퇴근 대신 재택근무가 늘어, 회사는 일하는 곳, 집은 쉬는 곳으로 나뉘던 개념도 희미해졌다. 온라인 세상이 급격히 활성화되면서 스마트폰과 컴퓨터만 있으면 어디서든 일할 수 있는 세상이 되었다. 물론 편리하고 좋은 점도 많지만, 일과 삶의 경계선이 허물어지면서 진정한 휴식은 더욱 힘들어졌다.

현대인은 더더욱 스마트폰을 잠시도 손에서 놓지 못하게 되었다. 그러다 보니 우리의 뇌는 항상 각성 상태다. 온전히 쉬지 못하고 디지털 기기에서 멀어질 수 없다 보니 번아웃 증후군을 호소하는 사람이 늘고 있다.

모든 것이 경쟁이고 매사 평가받는 삶을 사는 현대인에게 불안은 떼려야 뗄 수 없는 존재가 되었다. 자본주의 사회에서 돈은 곧 경쟁력이다. 일하지 않으면 돈을 벌 수 없다는 두려움은 우리를 조금도 쉴 수 없게 만든다.

디지털 기기의 사용을 중단하고 휴식하는 처방요법인 '디지털 디톡스'를 의식적으로 챙겨야 할 정도로 현대인은 디지털 사회의 과한 정보와 자극에 노출되어 있다. 스마트폰 충전은 잘하면서, 자신의 몸과 마음을 돌보고 에너지를 충전하는 것에는 인색하다.

주말에 밀린 잠을 자거나 불금, 불토를 보내며 스트레스를 푸는 것만으로는 한계가 있다. 1년에 한두 번씩 휴가와 연차를 붙여 떠나던 해외여행도 코로나19로 불가능한 상황이다.

코로나19를 기점으로 진정한 휴식의 정의를 재정립할 때다. 잠, 술, 여행 등으로 급속처리하던 휴식 방식을 바꿔야 한다. 수동적이고 1차원적인 쉼이 아닌, 능동적이고 정신적인 활력을 줄 수 있는 휴식이어야 한다.

바람직한 워라밸을 위한 '하라밸'

워라밸에 빗대어 취미^{hobby}와 삶^{life}의 균형^{balance}이라는 의미로 '하라밸'이라는 단어를 만들어보았다. 취미로 내 일과 삶의 균형을 맞추고 복잡하고 빠른 세상 속에서 나의 중심을 지키자는 의미다. 취미를 자기소개서나 이력서에 한 줄 넣는 항목 정도로 여기지 않기를 바란다. 개성을 드러내고 나아가 라이프스타일을 바꿀 활동으로 여기면 좋겠다.

취미로 삶의 균형을 맞춘다는 건 주어진 의무와 책임의 삶에서 벗어나 나만의 온전한 시간을 가지는 것이다. 일명 '한눈파는 시간'이라고 하는데, 내면에 집중하는 시간이다.

세상에 치이는 바쁜 현대인일수록 자신을 둘러싼 긴장과 부담에서 벗어날 필요가 있다. 홀연히 혼자가 되거나 딴짓에 몰두하는 시간이 우리를 숨 쉬게 하고, 뇌를 쉬게 한다.

취미는 인생에서 좋은 리듬이 되는 능동적인 휴식이다. 긴장된 몸과 마음을 이완시키고, 활력과 긍정 에너지를 더한다. 취미에 몰두하는 시간은 휴식을 제공할 뿐만 아니라 충분한 전환이 되어 업무나 다른 일의 몰입을 도와준다.

　일하는 시간만큼이나 일하지 않는 시간을 어떻게 보내는지도 중요하다. 업무의 효율은 일하는 시간이 길수록 높아지는 것이 아니다. 업무 이외의 시간을 자신이 원하는 취미활동으로 알차게 보낼 수 있다면, 여기서 충전된 에너지가 결국 업무나 다른 일들을 이끌 원동력이 될 것이다.

　나는 아무리 바쁜 날에도 꼭 취미를 한다. 캘리그라피를 하거나, 블로그에 글을 쓰거나, 내가 좋아하는 노래를 들으며 잠시라도 멍하니 있는 시간을 가진다. 복잡한 생각을 비우고, 순간순간 감정 정리를 하는 취미명상은 오히려 바쁠수록 필요하고 유용하다. 아무리 좋아하는 일이라도 계속 쉬지 않고 매진한다면, 그 일을 좋아하는 마음마저 퇴색한다. 아마 하라밸을 지키지 않았다면 취미를 하고, 취미 콘텐츠를 구축해나가는 일이 또 하나의 의무와 부담이 되었을 것이다.

　퇴근 후에도 업무 생각에서 벗어나지 못하고, TV를 보는 등의 수동적 휴식으로만 일관한다면, 일이나 삶에 대한 의욕이 결국 바닥을 찍는 순간이 온다. 물론 일을 열심히 하는 것도 중요하고, 자신이 하는 일에 골몰하는 것 역시 중요하다. 하지만 일이 곧 자신이 되는 것은 예방해야 한다. 일 생각에 사로잡혀 충분히 쉬지 못하면, 결국 냉소적이고 부정적인 내가 되어 그 일을 대하고 있을 것이다.

온전한 내가 될 수 있게 해주는 취미 시간은 멀리 보면 시간을 효과적으로 쓰는 길이다. 이 시간에서의 쉼과 재충전이 일할 때 생산성과 효율성으로 이어지기 때문이다.

워라밸이 흔들리고 있다면 쳇바퀴 같은 일상에 숨 고르기를 할 수 있는 작은 취미를 선물해보자. 능동적 휴식이자 일상의 활력이 될 취미로, 나의 중심을 지키고 좋은 리듬을 만들자. 삶의 리듬을 끌어가는 하비스트로 워라밸 너머 하라밸까지 이루어보자.

두근두근
하비라클

취미라고 해서 돈을 들여 수강하거나 거창한 준비를 할 필요는 없다. 틈틈이 할 수 있거나 잠시 짬을 내서 할 수 있는 것이라면 충분하다. 일하다가 잠깐 스트레칭하는 것도 좋고, 출근하기 전 따뜻한 차를 한 잔 마시는 것도 좋다. 그저 내가 나일 수 있는 단 5분의 시간을 낼 수 있다면 그것으로도 충분하다.

취미로 만든
제2의 월급
머니트리

직장인 A씨는 월요일을 '헬요일'이라 부른다. 일요일이 끝나 가는 것이 괴롭다. 품고 있던 사직서를 꺼내려다가도 월급날 통장에 찍힌 숫자를 보고 다시 집어넣는다. 통장에 스치듯 찍 힌 작고 소중한 월급은 단 며칠 만에 사라진다. 스트레스성 소 비를 하느라 통장이 '텅장'이 되었기 때문이다.

다음 달 월급이 들어오기까지 얼마나 남았는지 계산한다. 아 직 한참 남았다. 물가는 죄다 오르는데 내 월급만 오르지 않는 다고 불평한다. 다음 월급이 들어오면, 무조건 절약하고 저축

할 것이라 다짐한다. 하지만 업무 스트레스가 늘어나면 늘어났지, 없어지지는 않는다. 얼마 못 가 '스발비용(스트레스를 받아 발생하는 비용)'을 지불하는 자신을 발견하게 된다.

돈 나올 구멍, 하나로는 불안하다

직장인 A씨는 불과 몇 년 전의 나다. 주말만 바라보며 쳇바퀴 같은 하루를 겨우 버텨내던 직장인. 적금이 누적되는 만큼 스트레스성 소비도 늘어나는 악순환이 반복됐고, 언젠가부터 월급이 들어와도 기쁘지 않았다. 어차피 통장을 스쳐 지나갈 것을 알았기 때문이다.

2020년 코로나19로 한 번도 경험해보지 못한 공포가 밀려왔다. 유일한 동아줄이었던 월급조차 사라질 위기였다. 주변 지인부터 20대 중반인 내 동생의 친구들까지 코로나19로 직장에서 해고 통보를 받았다. 그렇지 않아도 어려웠던 취업 문은 더욱 좁아졌다. 팬데믹이 우리에게 미친 변화는 너무나 갑작스럽고 컸다. 다행히 나는 2주의 무급 휴가를 받았고, 해고되는 최악의 상황은 면했다. 하지만 정말 다행인 걸까? 코로나19가 끝난다고 이 모든 상황이 나아질까? 지진이 일어난 후 쓰나미가 밀려오는 것처럼 코로나19보다 더 큰 위기가 오진 않을까? 이 사태가 끝나기만을 기다리는 건 무모한 짓이라는 생각이 들었다.

코로나19는 월급에 의존해 있던 나를 각성시켰다. 한 가지 수익구조에만 의존하는 것이 얼마나 위험한지를 깨달았다. 코로나19가 종식된다고 해도, 모든 것을 멈추고 변하게 하는 위기는 언제든 다시 찾아올 수 있다. 월급 이외의 머니트리, 즉 제2의 월급 머니트리를 구상한다는 것은 직장에서 주는 월급 이외의 수입 파이프라인을 한 가지 이상 갖추는 것이다. 수익 구조가 다양화된다면 어떤 외부변수가 생겨도 잘 대처할 수 있다. 나는 내가 좋아하는 취미로 월급 이외의 수익을 만들기로 했다.

좋아하는 취미로 제2의 머니트리를 만들다

취미를 비즈니스로 연결하는 것은 생각보다 그리 어렵지 않다. 자신이 좋아하는 취미를 블로그에 기록하는 것만으로도 수익을 창출할 수 있는 하나의 창구가 되기 때문이다. 블로그라는 공간은 포털 사이트의 검색기반 로직을 통해서 운영된다. 활성화된 블로그의 경우 높은 광고 수익 및 콘텐츠 수익을 벌 수 있다. 이를 위해서는 블로그의 주제에 맞는 탄탄한 글과 함께, 글마다 키워드가 잘 잡혀 있어야 한다.

블로그의 주제를 정할 때 주의할 점은, 한 가지 주제로만 적으려고 해서는 안 된다는 것이다. 대부분 전문적으로 한 가지 주제만 다룰 때 블로그가 더 빨리 활성화될 것이라 여기지만, 이제 막 시작하는 사람들에게는 그리 유효하지 않다. 전문성과 통일성도 중요하지만, 지속 가능할 수 있어야 그 특성도 유지될 수 있다. 적어도 하나의 카테고리 안에서 내가 쓰고 싶은 주제를 3가지 정도 선정하는 것이 좋다.

내 블로그를 예로 들어보자면, 한 가지 취미만을 전문적으로 다루지 않는다. 취미라는 공통 주제 안에 독서, 디지털 드로잉, 글쓰기, 캘리그라피 등을 다룬다. 한 가지 분야만 다루지 않는데도 블로그는 최적화되어 있다. 캘리그라피라는 한 취미에 관한 지식과 정보를 전달하고, 작품을 올리는 것에만 매진했다면 블로그를 오래 지속하지 못했을 것이다.

블로그의 주제를 정했다면 이제 키워드를 정해야 한다. 키워드란 일종의 검색어다. '키워드마스터'라는 사이트나 '카똑똑'이라는 카카오톡 플러스친구 기능을 활용해 내가 쓰고자 하는 글과 관련된 키워드 중 구체적인 키워드를 찾으면 된다.

예를 들어 〈유퀴즈 온 더 블럭〉이라는 예능프로를 보고, 매주 목요일마다 관련 글을 쓰는 것이 취미라고 해보자. 구체적인 키워드를 잡기 위해 영감을 준 인물의 이름을 키워드마스터에 검색한다. 그리고 함께 뜨는 관련 키워드 중 경쟁률이 낮은 키워드를 쓴다. 이 키워드를 잡아 가독성이 높은 탄탄한 글을 쓴다. 실제로 내가 이 방식으로 글을 쓰는데, 포털 메인 검색페이지 상단에 노출되는 일이 잦았다.

한때 190명이었던 블로그 이웃 수는 2021년 현재 2,000명이 넘는다. 내가 일을 할 때나 잠을 잘 때나 누군가가 내 블로그를 방문한다. 좋아하는 취미로 성장하고 돈도 벌 수 있었던 나의 스토리는 많은 사람에게 꾸준히 읽히고 있다.

한 달에 500원 정도였던 애드포스트 수입 역시 꾸준히 늘어 지금은 한 달에 대략 3~4만 원이 들어온다. 많은 금액은 아니지만 내 시간과 노동을 돈과 바꾸는 소득이 아니라, 자동화된 시스템이 가져다주는 돈이라 의미가 있다.

그 밖에도 아이패드로 디지털 파일을 만드는 취미와 독서 후 블로그 글쓰기로 서평을 올리는 취미를 비즈니스로 연결했다. 내가 쓰던 독서 노트 파일에 사람들이 관심을 보여 상품화했고, 블로그 글쓰기를 꾸준히 해온 노하우를 바탕으로 1대1 글쓰기 코칭을 하고 있다. 좋아서 시작한 취미는 노하우가 쌓이며 수익을 창출하는 창구가 되었다.

두근두근
하비라클

자신만의 취미로 제2의 월급을 만드는 것부터 시작해보자. 취미로 월급 외의 수익을 버는 경험을 단 한 번이라도 한다면, 제3, 제4의 월급 머니트리로 금세 확장될 것이다.

작은 취미 하나로
사는 게
재미있어지다

'업글인간(성공보다는 성장을 추구하는 자기계발형 사람)'이 되는 길은 불편하고 고되다. 굳이 하지 않아도 될 고생을 사서 하는 것 같다. 하지만 배움은 끝이 없고, 성장을 멈추는 순간 진짜 나이를 먹게 되는 법이다. 내일이 기대되는 오늘을 사는 것은 성장하는 사람의 기쁨이다.

어르신들은 아무래도 디지털 문화에 익숙한 젊은 세대보다 온라인 플랫폼 활용이 서툴다. 블로그 글쓰기 코칭을 하다 만난 어르신이 어느 날 "저는 생각을 블로그에 표현하는 게 어려워요, 글도 잘 못 쓰고……."라며 고충을 토로했다. 나는 잘 쓰지 못해도 괜찮다고, 한 단어라도 자신만의 단어로 적는 연습을 천천히 해보자고 거듭 말했다. 다행히 느릴지언정 포기하지 않고 코칭을 잘 따라주었다. 꾸준한 노력으로 글쓰기에 자신을 갖게 되었고, 블로그도 잘 운영하고 있다.

취미는 하나의 프로젝트가 되고

나는 위기의 순간마다 블로그에 글을 쓰며 마음을 다잡았던 경험을 토대로, 다른 사람들에게도 '블로그 글쓰기'를 권한다. 그래서 '인생 고비마다 블로그 글쓰기로 기적에 로그인한다'라는 콘셉트로 프로젝트를 기획했다. 일명 '미라클 로그인 프로젝트'다.

이 프로젝트는 블로그 조회 수나 방문자 수를 신경 쓰지 않고, 블로그에 오롯이 내 생각을 담아내는 데 집중한다. 미리 정해진 주제로 블로그 글쓰기를 하고, 이를 토대로 짧은 강연도 진행한다.

글만 쓰는 게 아니라 강연까지 진행한 이유는 인지도가 있고, 성공한 사람만이 아니라 보통의 사람들 역시 의미 있는 이야기의 주인공이 될 수 있음을 알리고 싶었기 때문이다. 모든 사람에게는 자신의 이야기를 할 수 있는 힘이 있고, 강연자가 되어보는 경험은 그 자체로도 중요하다. 강연을 준비하는 과정에서 자신의 콘텐츠가 명확해지기 때문이다.

미라클 로그인 프로젝트는 총 5명과 함께했다. 다들 준비하는 과정은 어려웠지만, 나의 성장을 위해 노력했던 시간이 정말 뿌듯하고 보람찼다는 피드백을 주었다. 특히 그중 한 명은 프로젝트 덕분에 상처 많은 내면 아이를 치유할 수 있었다고 했다. 블로그 글쓰기라는 공통 취미로 모인 사람들이 서로의 글과 강연으로 치유된 것이다.

꼬리에 꼬리를 무는 프로젝트

'비미라클 프로젝트'는 취미로 나만의 온라인모임을 만들고, 자신의 취미로 수익 창출을 할 수 있도록 돕는 프로젝트다. 하지만 단순히 수익화만을 목적으로 하는 것은 아니다. 7주 동안 자신을 알아보는 질문에 글을 쓰고, 자신만의 취미 콘텐츠를 구축해나간 후, 사람들과 소통할 수 있는 모임을 기획한다. 비미라클 프로젝트를 통해 총 12명이 모임을 만들었다.

모임을 만들기 전 이 프로젝트의 멤버들은 항상 "제가 과연 모임을 만들어 운영할 수 있을까요?"라고 말했다. 소소한 취미로 사람들의 관심과 참여가 필요한 모임을 만들어 운영하고 수익을 낸다는 것이 믿기지 않았기 때문이다. 하지만 7주 과정이 끝나면 모두 "와! 불가능할 줄 알았는데, 저도 할 수 있네요!"라고 말한다.

온라인 취미 모임을 기획하고 운영해보며 얻은 지식과 경험을 전수하고, 충분한 소통을 통해 그들의 숨겨진 취미 잠재력을 발굴했다. 모임을 진행할 수 있는 취미 콘텐츠를 발견하고, 구체적인 커리큘럼을 구상해나갔다.

색연필 드로잉 취미는 컬러테라피와 연결되어 간단한 색연필 그림으로 자신을 치유하는 '느림의 미학 프로젝트'가 되었다. '넷플릭스 다큐멘터리 보기'라는 취미는 '채식'과 연결되어

'불편한 식탁 프로젝트'가 되었다. '인스타그램'은 '자기계발'과 연결되어 '인스타그램 셀프 브랜딩 프로젝트'가 되었다. 이렇듯 취미는 다른 영역과 연결되어 하나의 프로젝트가 된다. 하나의 가치가 새롭고 다양한 가치로 연결되고 재탄생되는 것이다.

나는 더불어 성장하고, 함께 가는 가치를 중시한다. 모임이 만들어지면 서로 경쟁하기보다 시너지를 내며 공존하는 분위기를 만든다. 우리는 끈끈한 네트워크를 구축했고, 관심이 가는 모임이 만들어지면 참여하기도 했다. 나는 이모티콘 제작 모임에 들어가 네이버 OGQ 이모티콘을 만들어보기도 했고, '불편한 식탁 프로젝트'에서 비건 식생활을 통해 '같이 가치 있게 사는 삶'의 중요성을 느껴보기도 했다.

"작은 취미 하나가 어떻게 기적이 될 수 있나요?"

취미기적컴퍼니 하비라클을 운영한다고 했을 때, 가장 많이 들었던 질문이다. 나는 캘리그라피, 독서, 블로그 글쓰기, 그림 그리기 등의 취미를 통해 진짜 내 인생의 주인공이 되었다. 하지만 이 깨달음은 나로 한정되어 있었다. 그래서 위 질문에 확신 있게 대답할 수 없었다.

느리더라도 포기하지 않고 '작은 취미 하나가 기적이 됨'을 증명하기 위한 콘텐츠를 하나씩 만들어나갔다. 어느새 나는 작은 취미가 기적이 될 수 있냐는 질문에 "그럼요, 제가 걸어온 길이 그 증거입니다."라고 명쾌히 답할 수 있는 사람이 되었다. 오늘도 나는 취미 콘텐츠 1인 기업가로 활동하며, 나의 성장을 넘어 다른 사람의 의미 있는 성장을 도우며 하루하루를 보내고 있다.

두근두근
하비라클

더 큰 성장의 바탕이 될 시련은 어김없이 나를 찾아올 것이다. 그러나 나는 예전처럼 두렵거나 불안하지 않다. 언제나 그랬듯 취미가 나의 중심이 될 것이니 말이다. 자신의 속도와 방향을 지키며, 포기하지 않고 나아가자.

"매일 밤 감정 노트를 적으며 온전한 나를 찾았어요."

나다움맘 유연(30대, 전업주부)

"어……마, 어……마, 엄……마."

"응~, 엄마, 해봐!"

말을 배우기 시작한 아이는 온종일 비슷한 말만 수백 번 옹알거린
다. 나는 아이의 말을 수백 번 따라 하고 반응해준다. 그러다 보면
어느새 저녁 시간이다. 퇴근한 신랑을 붙잡고 오늘 하루 아이가 어
떠했고 얼마나 잘 먹고 잘 쌌는지를 쏟아낸다. 원하는 만큼의 반응
이 안 나오고 피곤한 기색을 보여 이야기를 멈춘다.

하루가 어떻게 지났는지도 모르게 바빴지만 정작 그 속에 나는 없
고 엄마만 있다. 시시콜콜한 일상과 마음의 부대낌을 어디에든 이
야기하고 싶지만, 상대를 정하기 쉽지 않다. 상대를 찾아 더는 헤맬

수 없어서 아이를 재운 조용한 시간, 책상에 앉아 노트를 펼쳤다. 한 글자씩 내 이야기를 써 내려갔다. 누군가에게 보여주기 위한 글이 아닌 오직 나를 위한 글이다.

오늘 하루 어떤 일들이 있었는지, 감정은 어떠했는지 적었다. 먼저 물어봐주는 사람이 없어 못한 이야기를 노트는 끝없이 들어준다. 그 시간 동안은 온전한 나일 수 있는 시간이다.

글쓰기를 하며 끝없이 내 안에서 올라오는 질문들에 답했다. 좋아하는 게 무엇인지, 고민은 무엇인지, 앞으로 어떻게 살아가고 싶은지도 계속 써 내려갔다. 할 말이 너무 많아 몇 페이지도 쓴 날이 있는가 하면 한 줄도 채 쓰지 못한 날도 있었다. 그래도 쓰는 것을 멈추지는 않았다. 써야만 엄마라는 무게에서, 아내가 지녀야 할 책임감에서 벗어나 잠시나마 자유로워질 수 있었기 때문이다.

글쓰기는 어느새 제일 좋아하는 취미이자 친구가 되었다. 쓰는 시간이 쌓이자 나의 중요한 가치들을 찾을 수 있었다. 현재는 그 가치를 기반으로 한 삶을 살아가고 있다.

나는 글쓰기로 삶에 필요한 것들을 스스로 묻고 답을 얻는다. 글쓰기는 엄마이자 아내로서가 아닌 온전히 나로서 중심을 잡고 살 수 있게 도와준다. 글쓰기는 그래서 오늘도 진행 중이다.

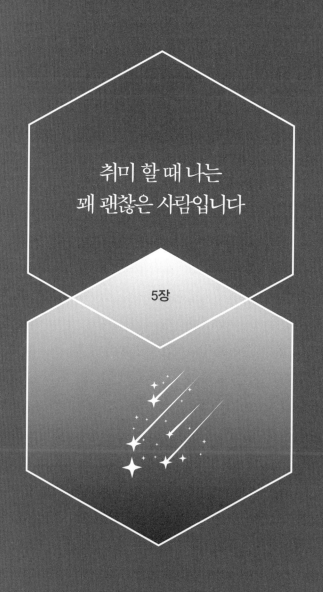

취미 할 때 나는
꽤 괜찮은 사람입니다

5장

다행이야,
취미 덕에
'이생망'이 아니라서

　우리의 삶에서 절대적인 것은 없다. 지금 내게 일어나는 긍정적인 일이 꼭 절대적으로 좋을 수만은 없고, 지금 겪고 있는 부정적인 일이 언제까지나 나쁠 수만은 없다는 것을 이제 좀 알 것 같다.

　즐거운 일이 있어야만 인생이 행복하다고 생각하지 않는다. 내게 일어나는 모든 일련의 일들이 완전한 행복을 가져다주지도, 완전한 불행을 가져다주지도 않는다. 나에게 일어나는 일들을 어떻게 해석하느냐에 따라 나의 삶도 변한다.

이생망 터널을 벗어나다

나보다 한 살 어린 유튜버가 한 회사의 대표가 됐다는 소식을 들었다. 누가 브레이크라도 밟은 것처럼 마음이 휘청거렸다. '이번 생은 망했어(이생망)'라는 생각에 우울함의 스위치가 켜졌다. 그 사람과 비교해 내 현실이 초라하게 여겨졌다. 답 없는 인생을 꾸역꾸역 살아가는 것만 같았다.

'집이 원래 부자였을 거야', '나와는 다르게 얼굴이 예쁘잖아', '운이 좋아서 가능했던 거겠지', '누군가 도와줬겠지' 등등 찰나였지만, 질투심에 눈이 멀어 그녀의 노력을 깎아내리려는 내 모습이 끔찍했다.

그 결과를 이루기까지 어떤 과정이 있었는지 잘 알지도 못하면서 열등감 때문에 다른 이의 성공을 의심하고 시기하는 내가 한심했다. '나는 정말 왜 이 모양인 걸까, 이번 생은 이렇게 망한 걸까' 그녀를 진심으로 축하해주지 못하는 내가 참 못나 보이는 날이었다.

그렇게 '이생망'이라며 머릿속이 한탄으로 가득 찬 날, 기분

전환을 위해 일부러 취미 하며 하루를 보냈다. 책을 읽고 마음을 울리는 문장을 뽑아 캘리그라피로 써 내려갔다. 천천히 한 글자씩 쓰며 복잡한 마음을 흘려보냈다. 문득 열등감과 시기심 또한 소중한 감정이라는 생각이 들었다. 역으로 생각해보면 이 감정은 내가 나에게 욕심과 애착이 있다는 증거였다. 내가 나에게 관심이 없거나 삶에 대한 의지가 없다면 있지도 않을 감정이며, 나오지도 않을 모습이었다. 비록 미성숙한 모습이긴 해도 무관심으로 일관하거나 무기력한 모습보다 낫다는 생각이 들었다.

취미로운 생활로 인해 생각이 전환되면서 많은 것이 달라졌다. 나는 이제 다른 사람이 성공했다고 해서 내 성공의 파이가 줄어드는 게 아님을 안다. 누군가의 성공이 나에게 좋은 자극과 동기부여가 될 수 있으며, 내 성장의 추진력이 될 수 있음을 잘 안다. 취미는 나를 '이생망' 터널에서 빠져나올 수 있게 도와주었다.

직장을 그만두고 취미 콘텐츠로 1인 기업가가 되겠다고 했을 때 부모님은 '남 밑에서 일하면서 꼬박꼬박 월급 받고 사는 게 가장 편한 것'이라며 쓴소리를 하셨다. 그런데 지금은 나를 믿고 응원해주신다. "우리 딸은 뭘 하든 다 잘할 거야."라는 아버지의 말에, "매일 아침 우리 딸이 잘되기를 기도한다."라는 어머니의 말에 힘을 얻는다.

내가 좋아하는 취미를 즐겁게 하고, 이를 공유하며 나아가는 성장의 기쁨 또한 느끼고 있다. 세상이 인정해주거나 사람들이 그럴듯하게 여기는 성공의 조건과는 거리가 멀다 할지라도, 적어도 나는 지금의 내 삶이 충만하다고 느낀다. 곰곰이 생각해보니 이번 생은 전혀 망하지 않은 것 같다.

나의 못난 모습까지 인정할 때

어느 날 오랜만에 만난 십년지기 친구가 내 얼굴을 보자마자 말했다.

"너 왜 이렇게 인상이 달라졌어? 다른 사람 같아."

예전에는 얼굴에 그늘진 모습이 있었는데, 지금은 밝고 화사해졌다나. 도대체 그동안 무슨 일이 있었던 거냐며 궁금해하는 친구의 얼굴을 보고 있자니, 문득 최근 몇 년간의 일들이 파노라마처럼 스쳐 지나갔다.

첫 직장에서 인격 모독적인 상황을 겪으며 1년 6개월을 버틴 것, 6개월을 쉬고 다시 어렵게 들어간 직장에서 한 달 만에 부당 해고를 당한 것, 얼마 전 1인 기업가로 독립하려 퇴사한 마지막 직장에서의 시간까지 친구에게 하나씩 꺼내놓았고, 취미를 만나며 조금씩 달라졌다고 허심탄회하게 털어놓았다. 취미를 하며 고요히 혼자 있는 시간을 가졌고, 그 시간을 통해 일에서 오는 스트레스나 걱정으로부터 나를 지킬 수 있었다고. 인상이 달라진 것은 아마 그래서일 거라고.

내 이야기를 다 들은 친구는 크게 놀라워했다. 위기가 왔기에 더 위축될 수도 있었는데, 위기를 기회로 바꾸고 새로운 길을 선택한 용기가 대단하다며 내 손을 꼭 잡아주었다. 친구의 따뜻한 말과 마주 잡은 손의 온기가 전해지자 울컥 눈물이 날 것 같았다. 그동안 힘들었던 마음과 고군분투해왔던 나날을 위로받는 듯했다.

나는 시련에 담담해지기 위한 연습을 하고 있다. 내 마음 같지 않은 일이 생기거나 계획한 대로 일이 잘 풀리지 않으면, 화도 나고 감정 조절이 힘들어지기도 한다. 하지만 그런 감정을 품은 나를 외면하거나 평가하지 않는다. 그 감정 속에 있는 나를 있는 그대로 인정해준다.

한 걸음 뒤로 물러나 그 감정 속의 나를 가만히 들여다보는 연습을 꾸준히 한 결과 마음의 회복탄력성이 커졌다. 취미를 하면서 일주일 넘게 힘들었던 마음이 5일에서 3일로 줄었다. 그리고 지금은 하루 정도면 털어낼 수 있게 되었다.

앞으로도 취미와 함께 나아가고, 취미로 인해 용기를 낼 수 있는 사람이고 싶다. 취미로 나를 아끼고 사랑하며, 가족을 비롯한 내 주변 사람들에게 더 괜찮은 사람이고 싶다. 취미를 통해 더 많은 사람에게 좋은 에너지를 줄 수 있는 사람이고 싶다. 취미로 인해 더 큰 세상으로 나아가고, 더 많은 깨달음을 얻고 싶다.

두근두근
하비라클

인생 사전에 '이생망'이라는 단어를 머릿속에서 지울 정도의 취미를
가져보자. 자기 자신을 믿고 주문을 걸어보자. 이번 생은 최고라고.

취미라고 생각하면
모든 일이
재미있더라

　살다 보면 의무적으로 해야 하는 일, 내키지 않아도 꼭 해야 하는 일을 맞닥뜨릴 때가 있다. 피할 수 없으면 즐기라는 말도 있지만, 현실적으로 쉽지 않다. 의무감과 책임감으로 몸에 잔뜩 힘이 들어간 채로 꾸역꾸역 일을 처리한다. 그러다 보면 문득 깨닫게 된다. 이대로는 이 일을 오랫동안 지속할 수 없다는 사실을 말이다.

　아무리 나다운 방향으로 가는 일이라도, 사람인지라 항상 모든 일이 재미있을 수만은 없다. 중요하다는 것을 알지만 실천이 어려운 일도 있고, 그럴 이유가 딱히 없는데도 이상하게 손이 가지 않거나 어렵게 느껴지는 일들이 있다. 처음에는 직장생활과 1인 기업 일을 병행하느라 시간이 없고 바빠서 그런 줄만 알았다. 하지만 자유가 주어지고 여유시간이 생겨도 크게 달라지지 않았다.

행동으로 이어지지 않는 생각은 소모적이다. 에너지가 자꾸 고갈되는 느낌이 들고, 일상의 활력에도 지장을 준다. 그래서 결단을 내렸다. 어차피 해야 하는 일이라면 하자고. 다만 지속 가능한 방법으로 하자고. 의무감과 책임감으로 애쓰고 힘주어서 하는 것이 아니라, 마치 새로운 취미를 시작하듯 가볍고 재밌게 접근해보기로 했다.

하기 싫은 일은 취미라고 생각하기

취미라고 생각하면 마법에라도 걸린 것처럼 모든 일이 재밌어진다. 그중 하나가 바로 운동이었다. 기본적으로 나는 운동의 중요성을 인지하고 있었다. 직장생활과 1인 기업 일을 병행하며 바쁘게 지낼 때도 체력증진과 좋은 컨디션 유지가 일의 효율과 성과의 관건이라고 생각했기 때문이다. 내 체력의 한계가 어디쯤일지 궁금하기도 했고, 한 번쯤 제대로 신체기능을 끌어올려보고 싶었다.

이전에도 몇 번 호기롭게 시작한 적이 있지만 번번이 작심삼일로 끝나기 일쑤였다. 아침마다 재는 몸무게에 일희일비하고, 억지로 좋아하는 음식도 줄여가며 하다 보니, 어느 순간 운동은 나를 옥죄는 일 중 하나가 되어 있었다. 목표 몸무게를 달성하면 마음이 안일해져 운동을 중단하게 되고, 또다시 살이 찌면서 자책하는 악순환의 고리를 끊어야 했다. 결과에만 사로잡혀서 억지로 하는 운동은 내 건강을 챙기고 체력을 키우겠다는 목표의 본질을 잃게 한다.

미디어가 추구하는 예쁘고 날씬한 몸을 위한 운동을 하지 않기로 했다. 그저 취미를 할 때처럼 운동 과정에서 작은 즐거움을 느껴보기로 했다. 배에 11자 복근이 생기는 목표 대신, 심장이 뛰고 있음을 느끼고, 날씬하고 매끄러운 바디라인 대신 땀을 흘린 후 마시는 시원한 물 한잔의 행복감에 집중해보기로 했다.

인스타그램 스토리 기능을 활용해 어떤 운동을 했는지 인증하는 루틴을 만들었다. 그렇게 취미처럼 즐겁고 가벼운 마음으로 운동을 시작했고, 현재 4개월째 유지하고 있다. 그날의 운동을 끝내고 나에게 칭찬 멘트를 남기며 인증하는 것이 몸에 배었다.

요즘은 유튜브 채널을 보며 일주일에 5일 이상 운동한다. 땀을 한 번 쫙 흘리고 난 뒤 샤워하고 나오면 그렇게 상쾌할 수 없다. 왜 나는 이 기쁨을 진작 누리지 못했을까. 운동은 이제 나의 취미이자 루틴이자 습관이 되었다. 오늘은 무슨 운동을 해볼까 설레는 마음으로 그날의 운동을 정한다. 그렇게 해야 할 일은 매일 하고 싶은 일이 되었다.

작심삼일을 피하는 가장 효과적인 방법

취미처럼 일단 소소하게 시작해본 것이 경제 공부다. 나는 경제에 딱히 관심이 없었다. 월급을 받아 저축하고, 절약하고, 소비하는 것이 내 경제활동의 전부였다. 그러다 사업자 등록을 하고, 1인 기업을 운영하다 보니 돈을 제대로 알아야겠다는 생각이 들었다.

하지만 아무리 급해도 돈을 빨리 쉽게 버는 것을 목표로 삼지 않기로 했다. 대신 돈에 대한 올바른 생각을 갖추고, 경제용어를 하나씩 알아가는 재미에 집중했다. 돈에 관련된 책을 하나씩 읽어나가며 내 상황에 맞는 방식으로 생각을 정립해나갔다. 또한 각종 온라인 프로젝트에 참여하면서 관련 자료를 모아 바인더에 차곡차곡 정리해나갔다.

취미가 나의 친구가 되었듯 경제 공부를 하며 돈과 친구가 된 나는 이제 경제 기사의 전문을 한눈에 파악할 수 있는 사람이 되었다. 세상의 변수나 사람들의 말에 휩쓸리지 않고, 경제적인 측면에서도 내 중심을 잡을 수 있게 된 것은 정말 큰 수확이었다.

보이는 것이 많아지자 배우고 싶은 것도 많아졌다. 앞으로도 경제 공부에서 더 나아가 사람 공부, 법이나 세금 및 제도 공부 등 세상을 제대로 볼 수 있는 영역의 공부를 해나갈 것이다.

취미라고 생각하며 배웠다가 정말 취미로 자리 잡은 것이 인스타그램이다. 1인 기업은 꾸준히 나를 알리는 것이 중요하기에 SNS 활동은 필수다. 그런데 사진 찍기를 귀찮아하는 데다 감성이 깃든 사진을 잘 찍지 못해 영 재미를 붙일 수 없었다. 인스타그램에 올릴 사진 한 장을 위해 조명, 배경, 색감, 구도까지 신경 써야 한다는 것이 번거로워 내키지 않았다.

'취미라고 생각하면 인스타그램에도 재미를 붙일 수 있을까?' 하고 문득 궁금해졌다. 남들이 '좋아요'를 누를 만한 사진을 찍겠다는 목표를 내려놓고, '좋아요'에 상관없이 내 생각을 전하는 데 집중했다. 내게 영감을 준 영상을 캡처해서 올리거나 메모장에 기록한 생각을 찍어서 올렸다. 그리고 그 아래에 내가 표현하고 싶은 생각을 적었다.

사진이 주인공이었던 방식과 사진을 잘 찍어야 한다는 부담을 내려놓고, 사진을 도구로 활용하며 내 마음이 향하는 대로 올렸더니 거짓말처럼 인스타그램이 재밌어졌다. 활동에도 가속도가 붙었다.

중도 포기를 거듭했던 운동도, 어렵게 느껴졌던 경제 공부도, 도통 흥미가 안 생기던 인스타그램도 취미라고 여기고 소소하게 시작하는 순간 해볼 만한 일이 되었다. 어려운 일일수록 가벼운 마음으로 두드려보자.

두근두근 하비라클

어차피 해야 할 일이라면, 이왕 시작한 일이라면 새로운 취미를 시작한다는 마음으로 해보자. 취미의 마법에 빠지면 시작이 쉽고, 하면 할수록 재밌어질 것이다.

하고 싶은 게
너무 많아서
큰일입니다

최근에 알게 된 '하고재비'라는 말이 있다. '무슨 일이든지 안 하고는 배기지 못하는 사람'을 일컫는 경상도 말인데, 딱 나를 가리키는 말이었다. 나는 워낙 하고 싶은 것도 많고, 하고 싶다는 마음이 들면 바로 실행에 옮기는 사람이다. 그 많은 '하고 싶은 일' 중에서 딱 10개만 골라 적어보았다.

1. 저작권료 받는 작사가 되기
2. 아이들을 위한 '하비라클 스쿨' 만들기

3. 〈유퀴즈 온 더 블럭〉 프로그램에 출연하기

4. 카카오톡 이모티콘 만들고 상용화까지 이루기

5. 패러글라이딩 같은 액티비티 취미 만들기

6. 캘리그라피 작품으로 개인 전시회 열기

7. 나 홀로 해외여행 20개국 가보기

8. 꾸준한 운동으로 건강한 몸 만들기

9. 매달 30만 원 이상 월세 받아보기

10. 동영상 크리에이터 되기

더 넣고 싶은 항목이 많지만, 일단 10개로 간추려보았다. 그 다음에는 왜 하고 싶은지 이유를 생각해보았다.

첫째, 예전에 작사 공부를 해본 적이 있다. 아름다운 노래 가사로 사람들한테 힘을 주는 한 작사가님이 너무 멋져 보여서 시도한 공부였는데, 여전히 놓지 않고 있다. 언젠가 좋은 때가 오리라 믿는다. 그날을 꿈꾸며 울림이 있는 문장을 마음에 담아 읽고, 기록으로 남기고, 캘리그라피로 쓰고 있다.

둘째, 직장생활을 학원에서 시작한 만큼 나는 교육에 관심이 많다. 그래서 내가 구상하고 있는 취미의 영역과 아이들의 진로 방향을 연결하여 실질적인 취업이나 직업설계에 도움을 줄 수 있는 교육 사업을 기획 중이다.

셋째, 〈유퀴즈 온 더 블럭〉 프로그램의 '찐팬'이다. 내가 출연하는 모습을 상상하며, 매주 목요일마다 관련 영상 글을 블로그에 쓰고 있다.

넷째, 카카오톡 이모티콘을 만들고 상용화까지 이루고 싶은 꿈이 있어 틈틈이 관련 책을 읽고 있다. 소소하게 시작하는 취미의 힘으로 네이버 OGQ이모티콘을 만들어보기도 했다.

다섯째, 20대 중반에 간 베트남 여행에서 패러세일링을 해본 기억이 있다. 볼에 스치는 시원한 바람과 눈앞에 광활하게 펼쳐진 푸른 바다. 지금 떠올려도 그 풍경이 생생하게 그려질 만큼 아름다웠다. 코로나19가 끝나서 자유로운 활동이 가능해지면, 다시금 광활한 자연과 하나가 된 황홀함을 느끼고 싶다. 패러글라이딩과 같은 액티비티 취미도 만들어 인상 깊은 인생의 순간들로 인생 앨범을 채우고 싶다.

여섯째, 캘리그라피는 가장 오래된 나의 취미이자 내 인생의 고비마다 늘 곁에 있어준 친구다. 현재 디지털 캘리그라피 클래스를 열어 아이패드로 캘리그라피 작품 만드는 법을 사람들에게 알려주고 있으며, 그동안 작품도 많이 완성해왔다. 이러한 경험을 더 발전시켜 최종적으로는 개인 전시회를 열어보고 싶다. 나처럼 힘든 터널을 지나온 사람들에게 하나의 위로이자 희망이 될 수 있는 그런 전시회를 말이다.

일곱째, 나 홀로 해외여행 20개국을 가보려면, 일단 지금의 조건에서 할 수 있는 것부터 해야 한다는 생각에 몇 달 전 제주도를 다녀왔다. 난생처음 홀로 간 여행이었고, 혼자 간 목적지 중에서 가장 먼 곳이었다. 이 작은 행동을 시작으로 내가 간 나라의 표시들로 가득 채워진 세계지도를 상상해본다.

여덟째, 탄탄한 코어 힘을 갖추고, 근육이 잘 잡힌 몸을 만들기 위해 매일 즐겁게 운동하고 있다. 이렇게 매일 차곡차곡 쌓이고 있는 운동적금이 앞으로 내가 펼쳐나갈 새로운 경험과 도전에 어떻게 쓰이고 활용될지 궁금하다.

아홉째, 이제 재테크나 투자는 지금 우리 세대에서는 선택이 아니라 필수이다. 나 역시 세상의 흐름을 읽고, 1인 기업의 일을 더 안정적으로 할 수 있도록 경제 공부를 하고 있다. 월세 30만 원의 수입을 1차 목표로 잡아보았다. 내가 하고 싶은 일로 이룬 수입이 시드머니로 쌓이고, 그 시드머니가 재테크의 결실로 돌아와 내 평생의 업을 지켜주는 선순환이 될 수 있기를 바란다.

열째, 동영상 크리에이터로 또 하나의 '부캐'를 더할 생각이다. 글과 사진을 활용하는 블로그와 인스타까지 운영하고 있으니, 이제 영상을 활용하는 유튜브에도 도전해볼 차례다. 내 채널이 생긴다는 사실만으로도 벅찬 기분이다.

10개의 항목은 앞으로 어떤 모습으로 진행되고 달성될까? 어떤 결과로 끝날지, 어떤 새로운 기회로 이어질지 예측할 수 없지만, 한 가지 확실한 것은 그 결과로 가는 과정에서 나는 다시 한번 성장할 것이라는 사실이다.

두근두근
하비라클

당장은 몰라도 시간이 지날수록 '무언가를 하고 싶고, 하고자 했기에 모든 시도와 노력이 존재했음'을 알 것이다. 그리고 그러한 순간이 모여 내 인생의 단단한 한 페이지가 되었다는 것 또한 알 것이다.

오늘도 나는
취미를 찬미하는
중이다

2020년 초부터 1인 기업 일을 시작해 쉴 틈 없이 달려왔다. 지나고 돌아보니 아득할 정도로 많은 일이 있었다. 내 일이 자리를 잡고 시행착오가 줄어들수록 조금씩 편해질 것이라 예상했지만, 성장이 커진 만큼 성장으로 인한 그늘도 컸다.

어느 순간 나의 유일한 안식처였던 취미마저 일처럼 여겨지는 순간이 많아졌고, 틈틈이 하는 취미와 취미명상으로도 몸과 마음의 에너지가 완전히 회복되지 않았다. 새로운 돌파구이자 전환점이 필요한 시점이었다.

어떻게 놀아야 잘 놀았다고 소문이 날까

"당분간 나를 위해서 재밌게 놀아야겠어!"

나를 위해 놀고 쉬겠다고 가족과 주변 사람에게 선포했다. 통장 잔액이 얼마인지, 수입 없이 얼마나 버틸 수 있는지, 마무리하지 못한 일, 해야 할 일 등을 머릿속에서 비우기로 했다. 나는 한 달을 쭉 쉬기로 했다.

모든 것을 멈추고 내려놓기는 쉽지 않았다. 1인 기업이다 보니 대표가 쉬면 모든 것이 정지된다. 최악의 상황을 가정해보았다. 다행히 두어 달 정도는 일을 줄이거나 멈춘다고 해서 큰일이 일어날 것 같진 않았다. 그렇게 첫 '안식월'이 시작되었다.

새벽에 일찍 일어나 책부터 펼치던 생활을 멈추고 그 전날 했던 드라마나 예능을 챙겨보았다. 요일마다 줄줄이 볼 프로그램이 있으니, 보기만 해도 설레는 일주일 식단표 같았다. 아이패드를 세워놓고 큰 화면으로 보며 매일 1시간에서 2시간 정도를 깔깔대며 웃었다. 내 몸을 감싸고 있는 불안감과 긴장감이 조금씩 사라지는 듯했다.

하던 일을 모두 멈추고 온전히 쉬는 것은 용기가 필요한 일이다. 그런데 멈추고 휴식을 취하니, '어쩌면 나는 아침부터 저녁까지 바쁘게 보내면서 불안과 걱정을 지워보려고 했는지도 모른다'라는 생각이 들었다. 취미로 리부팅을 했는데, 한 번은 완전한 리셋이 필요했나 보다.

온전히 내 마음이 하고 싶은 대로 하루를 보냈다. 뒹굴뒹굴하며 보고 싶은 프로그램을 보고, 네이버 메인화면에 있는 오늘 읽을 만한 글을 정독했다. 특히 비즈니스 판에 올라와 있는 글에서 새로운 용어나 인물을 알아가는 것이 재밌었다. 더 알고 싶은 용어나 인물은 유튜브에 검색해서 영상까지 챙겨보곤 했다. 관심 있는 글과 영상을 같이 보니, 내 일로만 좁혀져 있던 시야가 점차 확장되는 느낌이 들었다.

놀다가 취미 하다가 일하다가

콘텐츠 내용이 유독 마음에 와닿은 날에는 블로그에 글을 썼다. 새로 알게 된 사실을 사람들과 함께 나눌 수 있다는 것은 언제나 가슴 떨리고 행복한 일이다. 쉬고자 마음먹은 달에도 블로그 글쓰기를 하는 나를 보며, '나도 참 어쩔 수 없구나'라는 생각이 들었다.

그날그날 마음 가는 대로 취미를 골라 온종일 몰입했다. 최근에는 나노 블록 만들기에 다시 빠졌다. 나노 블록은 크기가 상당히 작고, 설명서는 대충 간단한 그림으로 되어 있어서 완성하는 과정이 만만치 않다. 그만두고 싶은 고비가 자주 찾아온다. 자잘한 일이 끊임없이 일어나고, 친절한 안내나 자세한 설명도 없는 인생과 닮았다.

마음을 다스리지 못하면 큰 위기를 맞이하는 인생처럼, 짜증이 나고 조급한 마음으로 나노 블록에 덤벼들면 도중에 막히게 된다. 심호흡하며 마음을 진정시킨 후, 하나하나 찬찬히 뜯어 보면 방향을 잃었던 나노 블록이 다시 제 모습을 찾아가며 어느새 앙증맞은 모습으로 완성된다. '이 복잡하고 힘든 걸 내가 왜 하고 있지?'라는 생각이 들다가도 완성된 모습을 보면 힘들었던 마음이 싹 사라진다.

나노블록을 대하는 나의 모습처럼 인생도 그렇지 않을까?

아무리 힘들어도 내가 좋아하는 일을 하면 포기하지 않는다. 충분히 쉴 수 있는 시간을 가지고, 다시 나를 믿어주면 또다시 잘살고 싶은 내가 된다.

늘 똑같이 보내진 않지만, 거의 비슷한 일과로 안식월을 보낸 지 한 달이 넘었다. 신기하게도 상황은 전혀 달라진 것이 없는데, 상황을 받아들이는 내가 무척이나 달라졌다. 얼굴에 화색이 돌고, 몸은 가벼워졌으며, 마음은 그 어느 때보다 평온해졌다. 언제든 빨리 달려야 할 때가 오면, 전력 질주를 할 수 있을 만큼 에너지도 채워졌다.

안식월을 보내며 나는 두 발 전진을 위한 한 발 후퇴가 어떤 의미인지 알게 되었고, 마라톤에서 숨 고르기를 하는 전환점이 왜 있는지도 알게 되었다.

두근두근 하비라클

때로는 너무 사랑하기에 거리를 두고, 오래 함께하고 싶기에 여백을 둔다. 리셋이 필요한 순간이 오면 눈 딱 감고 모든 걸 멈춰보면 어떨까.

취미로 소통하면
신나는 일이
매일 생겨

"안녕하세요. 소담님. 저는 ○○라고 합니다. 취미로 기적을 수확하도록 돕는 콘셉트의 소담님 블로그를 보며, 아직 20대이시지만 1인 기업가로서의 기반을 잘 닦아가고 계시는 모습에 큰 감명을 받았습니다. 그래서 소담님의 이야기를 인터뷰해 제 유튜브에 올릴까 하는데 혹시 괜찮으실까 해서 연락드립니다. 그럼 답 메일 기다리겠습니다."

어느 날 한 통의 메일이 도착했다. 블로그에서의 나의 활동을 쭉 지켜봐 온 한 이웃의 메일이었다. 나의 경험과 깨달음을 더 많은 사람에게 전할 기회가 생겨 기뻤다. 하지만 기쁨도 잠시, 스카이프를 활용한 영상 인터뷰 혹은 음성 인터뷰 형식으로 진행한다는 말에 걱정이 밀려왔다. 유튜브 영상으로 내 얼굴을 훤히 드러낸다는 것이 부담스러웠고, 덜컥 겁이 났기 때문이다. 그래서 긴 고민 끝에 영상이 아닌 음성 인터뷰를 하겠다고 했다.

인터뷰 당일이 되었다. 자기소개부터 시작해 정확히 무슨 일을 하는지, 어떻게 이 일을 하게 됐는지, 이 일에 대한 신념과 철학 등을 답해나갔다. 정신없이 인터뷰를 끝내고 나니 아쉬운 점투성이었다. 그래도 첫 인터뷰치곤 잘했다고 스스로 독려하며 편집된 영상이 올라오기만을 기다렸다.

편집된 영상 링크가 문자로 도착했고 떨리는 마음으로 링크를 클릭했다. 유튜브에서 내 목소리를 듣는다는 것이 어색했지만 뿌듯했다. 그저 블로그 글쓰기를 통해 꾸준히 나의 이야기를 했을 뿐인데, 이런 기회로 인해 내 이야기가 누군가에게 가닿을 수 있게 되어 감사했다. 가족, 친구, 하비라클 멤버에게 영상 링크를 띄웠다. 다들 인터뷰 내용이 좋았다고 칭찬해주었다.

배워서 남 줄 일 있어? 있다!

인터뷰 영상을 보니 나의 성장이 보였다. 무대 공포증이 심해 목소리가 기어들던 나였는데, 조리 있고 거침없이 말하고 있었다. 마치 내가 아니라 다른 사람의 음성을 듣는 것만 같았다.

그런데 인터뷰를 본 사람들에게서 음성 인터뷰가 아닌 영상 인터뷰였으면 더 좋았을 거라는 피드백을 많이 받았다. 마침 나의 성장을 본 참이라 내 이야기를 영상으로 전할 용기가 생겼다.

그전에도 Zoom으로 강의를 진행한 적은 있지만, 지식과 정보 전달에 치우쳐 있었다. 인터뷰를 계기로 비로소 '내 이야기'를 할 수 있었다. '강의'가 아니라 '강연'을 하게 된 것이다.

매달 Zoom으로 무료 강연을 하게 되면서 점차 나의 취미 콘텐츠에 관심을 가지는 이들이 늘어났다. 다양한 사람과 소통하면서 새로운 경험도 많이 하게 되었다.

이렇게 유익하고 알찬 강연을 무료로 들을 순 없다며 기프티콘으로 마음을 표현해주는 이들이 늘었다. 그렇게 쌓인 기프티콘은 어느덧 수십 개가 되었다. 워낙에 집순이인 데다가 코로나 시국이라 외출도 자유롭게 할 수 없는 상황이라 기프티콘을 유효기간 내에 쓰는 것이 쉽지 않았다. 이 사실을 알게 된 아버지께서 한번 사용해보겠다고 하셨다. 아버지께 빙수 기프티콘을 보내드렸고, 일하시던 중에 바로 빙수를 사드셨다.

"딸 덕분에 공짜로 빙수도 먹어보네!"라고 말하며 밝게 웃으시는 모습에 덩달아 기분이 좋아졌다. 딸이 사람들에게 인정받고 감사의 표시로 받은 선물이기에 더 기뻐하셨으리라. 내 일이, 나의 지금이 더욱 고맙게 느껴졌다. 늘 최선을 다해왔지만, 더 즐겁고 감사한 마음으로 임해야겠다는 생각이 들었다.

진심은 통한다, 진짜로

아무리 바쁜 와중에도 매달 꾸준히 무료 강연을 진행하는 것은 나를 찾아주고 나의 가치를 알아봐주는 사람들의 마음에 작게나마 보답하기 위해서다. 사람들이 나에게 바라고, 내가 사람들에게 나눠줄 수 있는 건 나의 고유한 지식과 경험이니까.

취미로 소통될 때 신기한 일은 차고 넘친다. 꾸준히 강연해오며 많은 사람과 소통하다 보니 반가운 선물 같은 일도 생긴다. 혼자서 알음알음 운영해오던 네이버 카페 하비라클을 좀더 활성화하고 싶은 마음에, 카페 활동을 활발히 해주는 두 회원에게 도움을 청했다. 고맙게도 둘다 선뜻 요청에 응해주어 카페 스태프로서 함께하게 되었다.

감사한 마음에 한 달 이상 활동하면 하비라클에서 진행하는 프로젝트 중 하나를 무료로 수강할 수 있게 해드렸다. 무보수로 자신이 주인도 아닌 카페에서 스태프로 활동하는 것은 보통일이 아니다. 주 2회 이상 꾸준히 글을 쓰고 댓글을 다는 것이 쉽지 않은 일인데도, 지금까지 내게 도움받은 게 많아 부족하더라도 일손을 보태고 싶다는 두 분의 말에 나는 정말 감동하고야 말았다.

카페 활성화를 위해 나보다 더 열정적으로 고민해주는 두 분이 있어 참 행복했다. '나는 정말 복받은 사람이구나'라는 생각도 들었다. 이름만 들어도 알 만한 유명한 사람도 아니고, 영향력 있는 큰 카페도 아닌데, 이토록 든든한 팬이 존재한다니. 누군가에게 관심과 응원을 받으면 힘이 난다.

나도 내가 할 수 있는 선에서 누군가에게 관심을 보내고 응원하고 싶었다. 그런 마음으로 내가 가진 재능을 나누기도 한다. 아이패드로 캘리그라피를 하는 강의를 무료로 진행하기도 했고, 굿노트 다이어리 양식을 무료로 배포하기도 했다.

수익을 내고 빨리 달려야 하는 속도전 세상이다. 누군가는 굳이 그렇게까지 할 필요가 있냐고 반문할 수도 있을 것이다. 하지만 결국은 내가 행복해야 나의 일도 꾸준히 할 수 있고, 누군가와 마음이 통하고 진심으로 교류되는 에너지가 있어야 그 다음 단계의 나도 존재하지 않을까.

두근두근
하비라클

취미로 사람들과 교류하고 마음을 나누어보자. 더불어 취미를 통해 더 큰 세상을 만나고, 새로운 경험과 도전을 해보자. 나눌 수 있는 사람이 되어 나누는 기쁨을 느끼며 더 크게 나아가보자.

겁 많던 나는 이제 내일이 두렵지 않다

15살이었던 나의 소원은 내일이 찾아오지 않는 것이었다. 시험 점수를 두고 시험을 더 못 본 사람이 재랑 사귀어야 하는 거라며 같은 반 남자아이들의 내기 대상이 되어야 했던 그때, 해가 뜨면 학교에 가야 하는 것이 가장 끔찍한 일이었다. 20대가 되고 어른이 되어서도 별반 다르지 않았다.

사랑받지 못할 것이라는 뿌리 깊은 두려움은 나 자신을 '사랑받을 자격이 없는 사람'으로 여기게 했다. 특히 학창 시절 트라우마로 이성을 만나고 소통하는 데에도 서툴렀다. 아무리 호감이 있는 사이여도 '결국 이 사람 역시 나를 떠날 거야'라고 막연히 두려워했다.

이별 후 나와 연애를 시작하다

3년의 짧지 않은 연애를 했지만, 역시나 순탄하지 않았다. 연인은 부모가 아닌데 헌신적인 사랑을 강요했고, 부모님에게 받은 상처를 상대방을 통해 회복하고자 했다. 말하지 않아도 내 마음을 알아주길 바랐고, 조건 없는 이해를 바라기도 했다. 자존감이 낮은 모습을 보여도 그런 나를 품어주길 원했고, 나를 있는 그대로 사랑해주길 바랐다. 하지만 내 기대와 이상에 미치지 못하는 상대의 모습에 감정이 급격히 흔들렸고, 싸우는 횟수가 늘면서 이 관계는 결국 깨어졌다.

남자친구와 헤어지고 나서 취미는 내 인생에서 큰 비중을 차지하게 되었다. 취미를 하며 혼자 있는 시간이 많아지자 나를 조금씩 돌아보게 되었고, 돌풍 치듯 끝나버린 연애도 다시 찬찬히 들여다볼 수 있었다.

돌아보니 이 연애가 3년이나 간 것은 일종의 기적이었다. 나조차 있는 그대로의 나를 사랑해주지 못하면서, 다른 누군가에게 사랑과 이해를 바라다니. 내가 원하는 모습으로 상대를 바꿀 게 아니라, 나는 나를 먼저 바꿨어야 했다.

나는 고요히 취미 하는 시간을 통해 홀로 외로웠을 15살의 어린 나와 꾸준히 오랜 시간 대화했다. 과거의 트라우마와 사람에 대한 상처가 현재의 나를 정의하지 않게 하는 것이 나를 사랑하는 첫걸음이었다. 나의 아픈 과거를 보듬고 현재의 나를 성찰하며 나 자신과의 연애를 시작했다.

내가 나를 사랑하고 아껴주었을 때

나의 상처나 트라우마로 인해 사람과 세상을 왜곡된 시선으로 본다면, 그로 인한 피해는 고스란히 내 몫이 된다. 취미를 통해 나 자신과 진솔한 소통을 하며 건강한 관계를 맺어야 했다. 내가 나를 진정으로 사랑할 수 있게 되자 삶은 더 건강한 방향으로 바뀌었다.

나에게 자신이 없을 때는 사람들이 나에게 칭찬을 하거나 좋은 말을 해도 그 말을 진심으로 받아들일 수 없었다. 왜 내 주위에는 나를 힘들게 하는 사람만 있느냐며 세상을 원망하기도 했다. 하지만 이제는 안다. 내가 나에게 가혹한 평가를 했기 때문에 다른 사람들이 나를 그렇게 대할 때의 모습이 더 크게 인식되었던 것이다.

하루 루틴으로 '거울 보고 나 칭찬하기'를 넣었다. 꾸준히 실천하면서 나를 사랑해주고 아껴주는 사람들이 내 주변에 많다는 것을 체감했다. 이제 누군가가 나를 칭찬하면 "좋게 봐주셔서 감사합니다."라며 기분 좋게 받아들인다.

내가 나를 사랑으로 대하자 좋은 관계로 이어지는 사람 또한 늘었다. 현실은 마음의 반영이라는 말처럼 내가 나를 대하는 시선과 자세가 달라지자 나를 둘러싼 사람과 환경이 원하는 방향으로 흘러갔다.

예전의 나는 그 누구에게도 사랑받지 못할 것이라는 두려움이 컸다. 외톨이가 될까 봐 내 감정을 숨겼고, 남에게 좋은 사람이 되느라 나한테는 좋은 사람이 되지 못했다. 하지만 취미를 통해 나는 조금씩 달라졌고, 내게 놓여 있던 마음의 장벽을 허물 수 있었다. 취미는 겁 많고 내일을 두려워하던 나를, 당당하고 내일이 기대되는 사람으로 만들어주었다. 내일은 어떤 하루가 될까?

두근두근
하비라클

해가 뜨지 않는 게 소원이었던 나는 이제 없다. 내일도 해가 뜬다는 것이 얼마나 다행인지 모른다. 오늘도 내가 선택한 내 일을 하고 온전한 내가 될 수 있는 취미를 할 것이다. 내 삶에 매일 찾아오는 선물 같은 내일이 있어 더없이 기쁘고 감사한 오늘이다.

먼 훗날 100세의
나에게
혼나기 싫어서

　평균 수명 100세 시대다. 먹고살기 바빠서 삶의 질을 추구할 수 없었던 예전과 달리 배곯을 일 없는 풍요로운 시대다. 지금은 100세라는 나이도 이상적이지만, 시간이 지날수록 평균 수명은 더 길어질 것이다. 그런데 수명이 연장됐다고 해서 행복까지 연장된다고 볼 수는 없을 것이다. 수명이 길어진 인생을 어떻게 살아야 잘산다고 할 수 있을까?

　아마 많은 사람이 든든한 노후 준비가 필요하다고 답할 것이다. 그래야 필요할 때 병원을 갈 수 있고, 주변 사람들에게 아쉬운 소리를 할 일도 없을 테니까. 그런데 나는 경제적으로 걱정할 일이 없는 노후가 곧 진정한 행복 실현이라고는 생각하지 않는다. 행복한 노후를 위해서는 경제적 안정뿐 아니라 다른 준비도 필요하다. 하루를 어떻게 하면 나다운 삶으로 활기차게 영위할 수 있을지를 고민해야 한다.

바쁘게 달려온 삶이 마무리되면서 그동안 하지 못했던 것들을 해나가는 삶은 마냥 행복할 것 같다. 하지만 실상은 그렇지 않다. 은퇴하고 나서 주어진 시간을 어떻게 보내야 할지 몰라 계속 일을 찾는 사람도 있고, 자신이 기대했던 삶과 달라 은퇴 우울증이 생기는 경우도 많다.

이제 인생은 전반전, 후반전으로만 나뉘지 않는다. 3막이 될 수도 있고, 4막이 될 수도 있고, 그 이상이 될 수도 있다. 먼 훗날 100세가 된 나와 대화하는 상상을 해보자. 어떻게 사는 것이 나다운 삶일지 한번 생각해보자.

계속 지금처럼 산다면 훗날 100세의 나에게 무슨 말을 들을 수 있을까? '한평생 나답게 잘 살았다', '후회 없이 흡족한 삶이었다'라는 말을 듣는다면 크나큰 축복일 것이다. 하지만 '왜 그렇게 한 가지에만 매달리고 살았냐', '왜 네 인생인데 네가 없었냐'라는 책망을 듣는다면 어떨까.

먼 훗날 100세의 나에게 혼이 나거나 후회가 절절한 소리를 들을 것 같다면 지금 당장 메모 애플리케이션을 열거나 필기구를 준비하자. 그리고 하루하루 급급한 일을 해내느라 하지 못한 일, 가족을 챙기고, 생존에만 신경 쓰느라 줄곧 미뤄왔던 일을 적어보자. 시간이 오래 걸려도 괜찮고, 몇 개 적지 못해도 상관없다. 이 행위를 하는 것 자체가 중요하다. 단 하나의 행동이라도 시작한다면, 나비효과가 되어 돌아온다.

"모험하게 해줘서 고마워요. 그럼 이제 새로운 모험을 즐겨봐요."

영화 〈업〉의 주인공 '칼'의 대사다. 칼은 자신과 똑같이 모험을 꿈꿔온 '앨리'를 만나 결혼해 함께 남미로 가기 위해 돈을 모은다. 하지만 준비가 다 됐을 때 앨리는 칼의 곁을 떠나고 없다. 모험심이 가득했던 어린아이는 어느새 백발의 노인이 되어버렸을 만큼 나이가 들었기 때문이다.

실수로 칼과 앨리의 추억이 담긴 우체통을 건드린 인부를 폭행해 요양원에 가게 된 칼은, 끝내 요양원에 가는 걸 거부하고 집에 풍선을 매달아 남미로 향한다. 파라다이스 폭포 옆에서 살고 싶었던 죽은 아내와 자신의 오랜 꿈을 이루기 위해서다.

하지만 그렇게 꿈꾸던 모험을 하는 여정 속에서도 전혀 행복하지 않았던 칼은 비로소 깨달았다. 앨리의 모험일지에 적힌 한 마디를 보며 아내와 살았던 모든 순간이 진정한 행복이었음을 말이다.

남들이 대단하다고 여길 만한 모험만 생각하느라 아내와 함께했던 삶의 모든 순간이 행복이었음을 알지 못했다. 지금의 행복에 집중해야 함을 알게 된 그는 다시 돌아와 예전과는 달리 자신의 행복을 챙긴다. 하고 싶은 것은 무엇이든 해보는 진취적인 인생을 살기 시작한다.

평균 수명이 100세인 시대를 살아간다 해도 누구나 그 평균 수명의 주인공이 되리라는 보장은 없다. 마치 칼보다 먼저 떠난 앨리처럼 말이다. 칼처럼 나중만 기약하다 보면 꿈은 더욱 아득해진다. 너무 늦은 순간 후회하는 것보다 조금씩 일상 속에서 그 꿈을 작게나마 실현해갈 수 있었다면 어땠을까? 아마 앨리와 칼은 조금 더 늦지 않은 순간에, 아주 거창하진 않지만, 그들에게 맞는 모습으로 함께 모험을 떠날 수 있지 않았을까?

취미와 함께한다면 30세의 나도, 50세의 나도, 100세의 나도 그 나이에 맞는 환경과 자세가 달라졌을 뿐, 인생의 큰 맥락은 비슷하지 않을까? 진정한 행복은 물질의 풍족함보다 충만한 마음에 가깝다는 걸 잘 알기에 나는 '노오오오오력'하며 미래를 기약하는 하루 대신 하루 한 가지라도 나를 위한 작은 행동을 할 것이다. 먼 훗날 100세의 나에게 혼나는 대신 정말 잘 살아주었다는 칭찬을 듣고 말 것이다.

두근두근
하비라클

열심히는 살되 '노오오오오력'만 하면서 살지 말자. 나중을 기약하느라 현재의 소소한 행복과 지금의 나를 잃을지도 모른다. 부디 '취미로운 나날'을 보내길 바란다.

취미로
만난 기적,
하비라클

  내 인생의 첫 취미를 만난 지 어느덧 8년이 되었다. 캘리그라피를 시작할 때만 해도 취미가 내 인생을 송두리째 바꿀 줄 몰랐다. 그때는 그저 나를 조금이나마 숨 쉬게 해주는 숨구멍이었고, 기댈 곳 없던 내가 의지했던 유일한 동아줄이었다. 그랬던 내가 취미 콘텐츠를 기반으로 한 1인 기업가가 되었다. 내 개인의 성장을 넘어 다른 사람들의 성장을 돕는 전문가가 되었다.

  "하비라클 강의 또 없나요? 앞으로도 계속 참여하고 싶어요."

  "무료 특강인데도 너무 좋았어요, 그래서 유료 강의도 들으려고요."

"한 명 한 명 디테일하게 봐주시니까 정말 든든해요!."

이제 겨우 2년 차에 접어든 1인 기업가이지만, 다행스럽게도 조금씩 사람들에게 인정을 받고 있다. 하비라클(Hobby + Miracle)이라는 이름처럼 나는 취미를 만나 놀라운 기적을 경험했다. 취미는 나에게 많은 가르침을 줬고, 인생의 고비마다 넘어진 나를 일으켜주었다. 포기하고 싶을 때마다 할 수 있다는 고요한 외침을 주었고, 내 감정도 몰랐던 나를 따뜻하게 돌봐주었다.

1인 기업가로 인생 2막을 시작할 때도 많은 도움을 받았다. 취미가 주력 콘텐츠가 되어 제2의 밥벌이가 된 것도 그렇지만, 취미는 나에게 맞는 속도와 방향, 즉 나의 결에 맞게 멀리보고 갈 수 있게 해준 1등 공신이다.

시시때때로 초조한 마음이 들고, 수많은 시행착오도 겪었지만, 나는 수월하고 빠른 길보다 느리더라도 지속 가능한 길을 선택했다. 나답지 않은 옷을 입으며 시류에 맞추기보다 조금 고생이 되더라도 나다운 방식을 고수했다. 그 결과 가끔 돌아가더라도 후회 없이 나아갈 수 있었고, 당장은 노력한 만큼 결과가 따르지 않더라도 긍정적인 마음가짐을 유지할 수 있었다.

취미 덕분에 라이프 리부팅을 이룬 나는 현재 다양한 커리큘럼을 기획하고 있다. 최근 취미로 자신만의 콘텐츠를 만들며, 부가적인 수익창출과 1인 기업으로의 자립까지 이룰 수 있는 '하비라클 스쿨'을 기획했다. 그 과정은 다음과 같다.

- 씨앗 코스 : 불편한 여유 프로젝트, 존재 이유 찾기 프로젝트
- 파종 코스 : 한눈파는 시간 프로젝트, 온라인모임 및 워크숍 기획 프로젝트
- 수확 코스 : 1인 기업 자립 코칭

첫째, 씨앗 코스는 '불편한 여유 프로젝트'와 '존재 이유 찾기 프로젝트'다. 복잡한 현대인은 늘 디지털 기기와 접해 있다. 나는 가끔 휴대전화를 내려놓고, 자연을 가까이하며 고요한 시간을 보내는 디지털 디톡스를 실천하는데, 이 시간은 불편한 여유를 줌과 동시에 본연의 나를 찾을 수 있게 해준다.

매일 해야 할 일에 치이느라 우리는 자신을 돌아볼 여유가 없다. 그렇기에 불편한 여유 프로젝트를 통해 나 자신과 조우할 시간을 가지는 것이 중요하다. 이 시간을 통해 내면의 나와 연결될 수 있다면, 일상과 인생의 방향을 재정립할 수 있는 중요한 시작이 될 것이다.

또한 온전한 나로 홀로서기 위해 존재 이유를 찾는 질문을 나 자신에게 던지고 그에 대한 답을 해야 한다. 그렇게 나를 둘러싼 불안감과 두려움에 직면하고, 한계 짓는 마음과 고정관념을 허물면, 잠재된 역량을 깨워 무엇이든 시도할 수 있는 용기가 생긴다.

둘째, 파종 코스는 '한눈파는 시간 프로젝트'와 '온라인모임 및 워크숍 기획 프로젝트'다. 무엇을 좋아하고 어떤 행동을 할 때 행복한지 몰랐던 나는 한눈파는 시간을 통해 나의 관심사나 성향을 알 수 있었다. 나처럼 자신이 무엇을 좋아하는지 모르는 사람, 새로운 시작이나 변화를 꿈꾸는 사람이라면 한눈파는 시간을 가져보라 권한다. 이 시간을 통해 자신에게 맞는 취미를 찾을 수 있고, 자신의 성장과 자아실현에서 더 나아가 온라인모임. 강의 커리큘럼, 워크숍 같은 자신의 시스템을 구축할 수 있다.

셋째, 수확 코스는 '1인 기업 자립 코칭'이다. 자신의 취미 콘텐츠를 기반으로 수익을 창출하고 퍼스널 브랜딩까지 할 수 있다. 자신이 좋아하고 하고 싶은 일로 생존을 넘어 평생의 업이 될 수 있도록 도와준다.

이 3단계 코스는 취미를 만나 온전한 나로 바로 선 경험을 토대로 기획 구성한 것이다. 취미로운 생활로 내 삶은 이전보다 충만해졌다. 어제의 나보다 내일의 내가 더 기대되는 하루하루를 살고 있다.

어느 것 하나 쉽지 않았던 나는 인생의 시련을 겪으며 취미를 만날 수 있었고, 자기혐오를 극복하고 자기긍정성을 회복할 수 있었다.

취미로 꾸준한 마음 챙김을 하며, 미래를 두려워하기보다 바로 지금 여기에 집중할 수 있었고, 진정한 내 인생의 주인이 될 수 있었다. 또한 누구보다 내 자신을 잘 알고, 나를 사랑하게 되었으며, 하비라클의 대표가 되어 더 큰 세상을 꿈꿀 수 있게 되었다.

취미로운 내가 되었기에 나는 다채로운 사람이 되었고, 취미로운 인생을 살게 됨으로써 내 인생은 더 충만해졌다. 어제의 나보다 더 단단해졌고, 앞으로가 더 기대되는 하루하루를 보내고 있다.

두근두근
하비라클

열정 온도를 오늘보다 내일 1℃ 올리고 싶다면 작게라도 취미를 시작해 보자. 지금 당장 할 수 있는 취미로 나다운 일상을 채워보자.

"독서와 글쓰기로 삶의 중심을 잡았습니다"

최정현(30대, 위캔영어학원 대표)

열심히 사는 것이 나를 위한 삶이라고 생각했는데 사실 그게 아니었다. 타인과 환경에 휘둘리는 날이 너무 많았다. 비교, 열등감, 조바심으로 하루를 채우는 것이 열심히 사는 것이라고, 책임져야 하는 일, 챙겨야 하는 사람들, 도태되지 않기 위한 자기계발 등으로 하루를 꽉 채우는 것이 옳은 일이라고 믿었다. 하지만 사실 그 과정에는 '능동적으로 생각할 기회'가 없었다. 늘 열등감에 시달리고 다른 사람들과 나를 쉽게 저울질하며 두려워한 것도 그래서였다.

"남의 눈이 아닌 나의 눈으로 나를 살펴보는 치유의 시간을 보내야한다."라는 글귀를 읽은 적이 있다. 독서는 언급된 치유의 시간을 내게 마련해줬다. 비슷하면서도 다른 삶을 읽어가며 진정으로 원하는 게 무엇인지, 내가 하고자 하는 일은 무엇이며, 어떤 사람으로 살고 싶은지에 대해 생각할 기회를 마련해줬다. 또 글쓰기는 추상적인 생각을 구체적이고 정확하게 정리해줬다.

돈과 사회적 명분은 중요하지만, 그 역시 내가 잘사는 데 필요한 요소 중 하나일 뿐 전부는 아니라고 생각한다. 자신에 대한 진정성 있는 고민이 이뤄지지 않는다면 모래성을 쌓는 것과 다름없다. '잘' 살기 위해선 나에 대해 아는 것이 먼저다. 책은 내면을 확장할 수 있게 하며 그에 관해 쓰는 일은 나를 더 객관적으로 바라볼 수 있게 해준다. 모든 뿌리는 내 안에 있다. 그걸 키울 수 있는 사람도 나 자신이다. 느긋하게 읽고 적어가며 발견하는 새로운 영역을 많은 사람이 알았으면 좋겠다.